AF746287

www.ingramcontent.com/pod-product-compliance
Lightning Source LLC
LaVergne TN
LVHW051122051026
849532LV00004BB/1643
9789358720778

پہلے آسمان کا زوال

(کہانیاں)

مصنف:

کمار پاشی

Pahle Aasman ka Zawal *(Short stories)*
by: Kumar Pashi
Edition: July '2023
Publisher & Printer:
Taemeer Publications LLC (Michigan, USA / Hyderabad, India)

ISBN 978-93-5872-077-8

کتاب	:	**پہلے آسمان کا زوال** (کہانیاں)
مصنف	:	**کمار پاشی**
صنف	:	فکشن
ناشر	:	تعمیر پبلی کیشنز (حیدرآباد، انڈیا)
زیر اہتمام	:	تعمیر ویب ڈیولپمنٹ، حیدرآباد
سالِ اشاعت	:	۲۰۲۳ء
تعداد	:	(پرنٹ آن ڈیمانڈ)
طابع	:	تعمیر پبلی کیشنز، حیدرآباد – ۲۴
صفحات	:	۱۰۰
سرورق ڈیزائن	:	تعمیر ویب ڈیزائن

فہرست

چندر کانتا

کے نام

کمار پاشی ایک منفرد شاعر ہی نہیں، صاحبِ طرز کہانی کار بھی ہیں۔

ان کی کہانیاں اپنی پراسرار فضا اور علامتی تخیل، بھرپور تخلیقی قوتوں اور الفاظ پر فنکارانہ دسترس کی وجہ سے بڑی اہمیت رکھتی ہیں۔

وہ اپنی کہانیوں کی فضا آفرینی جس انداز سے کرتے ہیں، وہ انہی کا اسلوب ہے۔ جس نے بھی ان کی دو چار کہانیاں پڑھ لی ہیں وہ ان کی نئی کہانی کو دیکھتے ہی کہہ اٹھے گا کہ یہ انداز کمار پاشی کا معلوم ہوتا ہے اور یہ کامیابی معمولی نہیں ہے۔

اسی روشنی میں کمار پاشی کی کہانیوں کے اس مجموعہ "پہلے آسمان کا زوال" کو پڑھیے۔

سرنامہ

میں نے کبھی کبھی یہ محسوس کیا ہے کہ میں وہ نہیں ہوں جو ہوں۔ میرے اندر ایک اور شخصیت ہے، جسے میں مسلسل جی رہا ہوں۔ جو میری حقیقی شخصیت ہے میں کہہ نہیں سکتا کہ اس شخصیت کا تعلق موجودہ معاشرے سے، اس ملک کی تہذیب سے اور انسانی مسائل سے کتنا گہرا ہے۔ لیکن اتنا جانتا ہوں کہ ان دو شخصیتوں کے درمیان کبھی کوئی تصادم نہیں ہوا۔ میری داخلی شخصیت اور خارجی شخصیت کے درمیان ہمیشہ سے ایک فاصلہ رہا ہے۔ بلکہ یہ کہنا زیادہ مناسب ہوگا کہ دونوں کے سفر کا رخ شمالاً جنوباً رہا ہے۔ لہٰذا روز بروز ان دو کے درمیان فاصلہ بڑھتا جا رہا ہے۔

مجھے اپنی خارجی شخصیت سے کوئی لگاؤ ہے نہ دلچسپی۔ زندگی کا یہ پہلو شاید منفی بھی ہو سکتا ہے لیکن ایسا کیوں ہے۔ اس کا سراغ

لگانے کی میں نے کبھی کوشش نہیں اور جیسا کہ میں نے عرض کیا ہے۔ میری داخلی شخصیت ہی حقیقی شخصیت ہے اور میرا تخلیقی اظہار اسی شخصیت کا اظہار ہے۔

ایک تہذیب جو موہنجو دڑو میں دفن ہو گئی۔ ایک جیتا جاگتا شہر جو پشاور کی منوں مٹی تلے اتر گیا۔ ایک معاشرہ جو تاریخ کے پنّوں میں اسیر ہو گیا، ایک کتاب جس کا لفظ لفظ کاربن کر ا رگیا اور ایک آدمی جو صدیوں کے غبار میں معدوم ہو گیا—— یہ سب کچھ میری اسی شخصیت کے خون میں شامل ہے۔ مجھے اس سے بحث نہیں کہ یہ شخصیت کتنی پرانی اور بوسیدہ ہے اور اس کے وجود کا موجودہ معاشرے سے اس ملک کی موجودہ تہذیب سے اور موجودہ مسائل سے تعلق کتنا گہرا ہے۔ لیکن اتنی بات تو صاف ہے کہ گمشدہ تہذیبی رویّوں کی تلاش کا عمل؛ عصرِ موجودہ کے انسانی مسائل کو جاننے اور سمجھے بغیر ممکن نہیں۔

پہلے آسمان کا زوال میں شامل کہانیاں میری اسی شخصیت کا اظہار ہیں۔ جب کہ خود میرے لئے یہ شخصیت کسی حد تک مشکل ہے تو عجب نہیں کہ قارئین کو ان کہانیوں کی روح تک رسائی حاصل کرنے میں ایک طویل ذہنی سفر طے کرنے کے بعد ہی کسی قدر دقّت کا سامنا ہو۔ لیکن یہاں سوال پیدا ہوتا ہے کہ کیا کسی چیز کو مکمل طور پر جان لینے کے بعد اس میں کوئی مزید دلچسپی باقی رہ جائے گی۔ اردو کہانی کا سفر شروع ہی سے منصوبہ بند رہا ہے (اور شاید یہی وجہ ہے کہ آج بھی ہمارے بیشتر نقاد اسے ادب کی ایک تخلیقی صنف کے طور پر قبول کرنے پر تیار نظر نہیں آتے) اس اعتبار سے یہ کہانیاں اردو

کہانی کی روایت کے دھارے سے الگ تھلگ نظر آئیں گی۔ میری داخلی شخصیت ادب کو مختلف اصناف کے ڈبّوں میں بند کر کے تولنے کی قائل نہیں ہے کسی بھی صنف کی حیثیت محض لباس کی سی ہے یعنی مکمل طور پر خارجی۔ اصل چیز تو جسم ہے، جس کی نشو و نما میں فطری عمل کارفرما ہوتا ہے۔

——کمار پاشی

دہلی

۲۰؍اپریل ۱۹۷۲ء

صد سطری حکم نامہ

پہاڑ سے اترنے والا پہلا آدمی میرے جاننے والوں میں سے تھا۔ عین ممکن ہے کہ اس سے پہلے بھی میرے جاننے والوں میں سے کوئی شخص پہاڑ سے نیچے اترا ہو لیکن مجھے یا کسی کو کسی ایسے حادثے یا واقعہ کا علم نہیں ہے۔ لہٰذا میرے نزدیک پہاڑ سے اترنے والا وہ پہلا آدمی تھا۔ اس نے سرخ رنگ کی نکٹائی لگا رکھی تھی اور اس کے دائیں ہاتھ میں صد سطری حکم نامے کا کاغذ تھا۔ پہاڑ سے اترنے کے بعد وہ تیزی سے وادی کی طرف بڑھنے لگا۔ صاف لگتا تھا کہ وہ بہت جلدی میں ہے۔ وادی کے لوگ سو رہے تھے۔ کہنا آسان نہیں تھا کہ اس وقت دن تھا یا رات تھی آسمان گہرے کالے بادلوں سے اٹا ہوا تھا اور پوری وادی تاریک فصیلوں کے درمیان گھری ہوئی تھی۔ پانی مسلسل

کئی گھنٹے برستا تھا اور اب بھی ننھی ننھی بوندیں جگہ جگہ ایڑی ایڑی پانیوں پر گر کر آواز پیدا کر رہی تھیں۔ قدم قدم پر گنجان درخت سیاہ بھوتوں کی طرح جھلاہٹ میں ہوا کو پیٹ رہے تھے مگر وہ ان سب سے بے خبر تیزی سے وادی کی طرف بڑھ رہا تھا لوگ سو رہے تھے۔

کون جانتا تھا کہ کوئی اس موسم میں بھی مسلسل سفر میں ہے اور وادی کے لوگوں سے ملنے کے لئے بے تاب ہے ——— کون جانتا تھا کہ کوئی ان سیال اندھیروں میں بھی ان کے لئے جاگ رہا ہے اور مسلسل سفر میں ہے۔ وادی میں سینکڑوں مکان تھے۔ تھوڑے تھوڑے فاصلہ پر وہ رک جاتا تھا اور مکانوں کو تاریک اور خاموش پا کر پھر آگے بڑھنے لگتا تھا، پیروں سے پانی اچھالتا ہوا اندھیروں سے بے نیاز لگتا تھا۔ اس تاریک گنبد میں بھی اسے راستہ صاف صاف دکھائی دے رہا ہے۔ صحیح اور متوازن قدموں کے ساتھ وہ مسلسل بڑھ رہا تھا۔ صد سطری حکم نامے کا کاغذ اب بھی اس کے دائیں ہاتھ میں پھڑپھڑا رہا تھا۔

وہ اچانک رکا۔ اس نے سر اٹھایا۔ اس کی آنکھوں نے معبد کے بھیگے ہوئے شکستہ میناروں کا احاطہ کیا اور پھر وہ تیزی سے پرانے معبد کے دروازے کی طرف بڑھا کاٹھ کا بدرنگ دروازہ کھلا ہوا تھا۔ جیسے صدیوں سے اُسی کا منتظر ہو وہ اندر داخل ہو گیا۔ معبد ویران پڑا تھا اس نے آواز لگائی، "پورے نور کے ساتھ میں آ گیا ہوں"... معبد کا گنبد اس کے الفاظ لوٹاتے ہوئے گونجنے لگا: میں آ گیا ہوں... میں آ گیا ہوں .... میں آ....

معبد میں کوئی نہیں تھا۔ اس کے اور اس کی آواز کے علاوہ معبد میں اور کوئی نہیں تھا۔ وہ مزید سوچے اور انتظار کیے بغیر اچھل کر منبر پر چڑھ گیا اور اونچی بیٹھی مگر قدرے غیر انسانی آواز میں اذان دینے لگا۔ اس کی آواز یہاں سے وہاں تک وادی بھر میں گونجنے لگی۔ لوگ گہری نیند سو رہے تھے۔ پھر ایک ایک کر کے جاگنے لگے۔ ہر آدمی اپنے طور پر حیران تھا اور خود سے ہی پوچھ رہا تھا: یہ اذان دینے والا کون ہے؟ آدھی رات اور معبد میں اذان۔ آخر یہ کون ہو سکتا ہے؟

معبد کے باہر لوگوں کے ٹھٹھ کے ٹھٹھ لگ گئے۔ وہ اب بھی منبر پر کھڑا تھا اور اس کی آواز اب بھی فضا میں گونج پیدا کر رہی تھی۔ اس کی آنکھیں بند تھیں اور وہ ہر شئے سے بے خبر تھا۔ شاید اس کا پورا وجود اس کی آواز بن گیا تھا اور وہ یہاں سے وہاں تک پوری وادی میں گونج رہا تھا۔

جب اس نے آنکھیں کھولیں تو معبد کے اندر باہر ہر طرف لوگوں کا ہجوم تھا۔ نم اندھیروں میں کالی پرچھائیوں نے منبر کو چاروں طرف سے گھیر رکھا تھا۔ ہلکی ہلکی بوندا باندی اب بھی ہو رہی تھی۔

"تم کون ہو؟ اور آدھی رات میں اذان دینے کے لئے تمہیں کس نے بھیجا ہے؟": ایک آواز۔

کیا تم پہاڑ سے اتر کر ادھر آنے والے پہلے آدمی ہو؟ دوسری آواز۔

اس نے اپنے چاروں طرف نظر دوڑائی اور اپنا دایاں ہاتھ اوپر

اٹھا کر کہا: میں صد سطری حکم نامہ لایا ہوں۔"

اس پر سب نے اصرار کیا کہ یہ حکم نامہ انہیں پڑھ کر سنایا جائے۔
مگر اس نے جواب دیا: مجھے یہ حکم نامہ پڑھ کر سنانے کی اجازت نہیں ہے۔"
یہ سن کر ایک نوجوان آگے بڑھا: لاؤ۔۔۔ اسے میں پڑھ کر سناتا ہوں۔

"نہیں" اس نے نفی میں سر ہلایا۔ مجھے فرمایا گیا ہے کہ یہ حکم نامہ وادی کے لوگوں کو اس وقت پڑھ کر سنایا جائے جب مجھے قبر میں اتارا جائے۔"
چاروں طرف خاموشی چھا گئی۔ پھر سرگوشیاں ہونے لگیں۔ پھر چاروں طرف شور مچ گیا۔ ہم تمہاری موت کا انتظار نہیں کر سکتے۔ ہمیں یہ حکم نامہ پڑھ کر سنایا جائے۔۔۔
۔۔۔ آج، ابھی، اسی وقت۔
لوگوں کا ایک بے پایاں ہجوم تھا اور شور تھا کہ بڑھتا ہی جا رہا تھا آج ابھی، اسی وقت۔۔۔
وہ بدستور منبر پر کھڑا تھا۔ اس کا چہرہ پرسکون تھا اور وہ بڑی خاموشی سے سب کو دیکھ رہا تھا۔
"ایسا نہیں ہو گا۔" اس نے بآواز بلند کہا: میں ایسا نہیں ہونے دوں گا، یہ میرا آخری فیصلہ ہے۔۔۔۔"
کوئی ہجوم میں سے باہر نکلا اور لوگوں سے مخاطب ہو کر بولا:
یہ اس طرح نہیں مانے گا، اسے معبد کے احاطے میں زندہ گاڑ دو۔۔"
یہ سن کر وہ مسکرایا، تم مجھے نہیں مار سکتے۔ اس لیے کہ میری موت

سکا دن اس وادی کے تمام لوگوں کا آخری دن ہوگا۔"

گہری کالی پرچھائیوں میں ہراس چھا گیا: چاروں طرف ہڈیوں کی سی خاموشی تھی اور تم اندھیروں کا گاڑھا دھواں وادی کے اوپر پھیر پھیر ارہا تھا۔ پھر پرچھائیوں کے ہجوم کو چیرتی ہوئی ایک پرچھائیں آگے بڑھی؛ یہ وادی کا بوڑھا کل پتی تھا جس کا سب لوگ احترام کرتے تھے۔ اس نے خاموش پرچھائیوں سے کہا:

عزیزو! ہمیں ان کا کہا مان لینا چاہیے۔ صد سطری حکم نامہ سننے کی ضد چھوڑیئے اور اپنے مہمان کا سواگت کیجئے۔"

سب لوگ بدستور خاموش اور بے حس و حرکت کھڑے رہے۔ کل پتی نے پھر کہا: اس وادی کی قدیم رسم کے مطابق آپ سب میرے ساتھ مل کر اپنے مہمان کو سلام کریں۔"

یہ سن کر سب لوگوں نے ہاتھ اٹھا کر منبر پر کھڑے ہوئے مہمان کو تین بار سلام کیا۔ کل پتی آگے بڑھا اور اس کے ساتھ پانچ نوجوان کنواری لڑکیاں بھی بڑھیں جنہوں نے مہمان کو سہارا دے کر منبر سے نیچے اتارا۔ کل پتی نے اپنے مہمان سے مخاطب ہو کر کہا: آج سے آپ پنج دیو کے نام سے اس وادی کے خصوصی باشندے کی حیثیت سے رہیں گے اور رواج کے مطابق جن پانچ کنواریوں نے آپ کے جسم کو چھوا ہے، آج سے آپ ان کے شوہر ہیں اور ان کے جسموں کو برتنے کا آپ کو حق ہے۔"

پنج دیو نے پرسکون خاموشی کے ساتھ کل پتی کا اور دوسرے

لوگوں کا سر جھکا کر شکریہ ادا کیا اور صد سطری حکم نامہ کا کاغذ کل پتی کو سونپتے ہوئے کہا: میں یہ حکم نامہ آپ کے حوالے کرتا ہوں۔ فرمایا گیا ہے کہ جب میری موت کے بعد مجھے قبر میں اتارا جا رہا ہوگا تو کوئی شخص پہاڑ سے اتر کر اس وادی میں آئے گا اور وہی یہ حکم نامہ آپ لوگوں کو پڑھ کر سنائے گا۔"

کل پتی نے جھک کر دونوں ہاتھوں سے حکم نامے کے کاغذ کو تھام لیا۔

ایک ایک کر کے سب لوگ معبد سے باہر نکلنے لگے۔ سب سے پیچھے پنچ دیو تھا اور اس کے اغل بغل اس کی پانچ نئی بیویاں جو سر جھکائے چل رہی تھیں۔

جب لوگ معبد سے نکل رہے تھے: دُور مشرقی افق سے ٹھنڈا سرخ اور ریستان سا سرخ سورج نمودار ہو رہا تھا۔ بوندا باندی رک گئی تھی۔ دھواں دھار اندھیرے چھٹ رہے تھے! اور نحیف اجالوں میں لوگ ایک دوسرے کو صاف دیکھ رہے تھے۔

پنچ دیو اب مستقل طور پر وادی میں رہنے لگا۔ اپنی پانچ بیویوں سے اس نے سینکڑوں بچے پیدا کئے۔ وادی میں اس کے ذمے اس کے سوا اور کوئی کام نہیں تھا کہ وہ ہر شعبے میں وادی کے لوگوں کی رہنمائی کرتا تھا۔ اور وادی کے مختلف تہواروں میں مہمان خصوصی کی حیثیت سے شریک ہوتا تھا۔

مذہبی معاملات ہوں یا پھر سیاسی یا سماجی معاملات سب میں اس کے مشورے بڑی اہمیت رکھتے تھے۔ اور اس کی ہدایات پر عمل کرنا وادی

کا ہر آدمی ہمہ کل پتی اپنا فرض سمجھتا تھا۔ ہفتہ میں ایک بار پرانے معبد کے احاطے میں ایک عام نشست منعقد ہوتی تھی، جس میں وادی کے مختلف تازہ مسائل پر ترنج دیوا اپنے خیالات کا اظہار کرتا تھا۔

لیکن ایک روز جب وادی کے کچھ بزرگ صبح کی عبادت کے لئے معبد میں داخل ہوئے تو انہوں نے وہاں ایک عجیب ہولناک منظر دیکھا۔ ہر آدمی سر سے پاؤں تک لرز گیا۔ منبر کے نیچے پنج دیو خون میں لت پت آخری ہچکیاں لے رہا تھا اور اس کے قریب ہی بوڑھا کل پتی کھڑا تھا جس کے ہاتھ میں لہو بھری تلوار چمک رہی تھی۔ اس کی آنکھیں سرخ تھیں اور وہ بے حد طیش میں نظر آ رہا تھا۔ سب لوگ پھٹی پھٹی مردہ آنکھوں سے کل پتی کی طرف دیکھنے لگے۔ اس سے پہلے کہ وہ اس سے کوئی سوال کریں، کل پتی نے کہا "کیا دیکھ رہے ہو ——؟ اسے واقعی میں نے قتل کیا ہے۔ اس کا مرجانا ہی بہتر تھا۔"

"لیکن کیوں"؟ سب نے ایک ساتھ پوچھا۔

"اس لئے کہ میں نے صد سطری حکم نامہ پڑھ لیا ہے۔"

لوگ خوف وہراس کے نشیب میں گرنے لگے: "تو کیا آج کا دن ہم سب کا ..... اور اس وادی کا آخری دن ہوگا؟"

کل پتی مسکرا دیا: اس نے جیب سے صد سطری حکم نامے کا کاغذ نکالا اور اسے کھولا اور کہا: "لو تم بھی پڑھو ...."

لوگوں نے جب حکم نامے کا کاغذ دیکھا تو حیران رہ گئے۔ تڑا مڑا

کاغذ بالکل کورا تھا۔ اس پر ایک لفظ بھی رقم نہیں تھا۔

سب لوگ طیش میں آ گئے۔ ان کا خون کھولنے لگا اور وہ معبد سے نکل کر سیدھے پنج دیو کی حویلیوں کی طرف بھاگنے لگے۔ پنج دیو کے سینکڑوں بچوں کو موت کے گھاٹ اتار دیا گیا۔ اور اس کی پانچ بیویوں کو بے لباس کر کے وادی میں گھمایا گیا اور آخر میں انہیں اسی جگہ لایا گیا جہاں پنج دیو کی لاش کو دفنایا جانا تھا۔

شام کے دھندلکوں میں پنج دیو کی خون میں لت پت لاش کے ساتھ اس کی بے لباس بیویوں کو بھی زندہ زمین میں گاڑ دیا گیا۔ اور پھر ایک ایک کر کے سب لوگ اپنے اپنے گھروں کو لوٹ آئے اور گہری نیند سو گئے۔

وادی کے لوگ ابھی تک سو رہے ہیں۔ آسمان گہرے کالے بادلوں سے اٹا ہوا ہے اور پوری وادی تاریک فصیلوں کے درمیان گھری ہوئی ہے۔ پانی مسلسل کئی گھنٹے برسا ہے اور اب بھی ننھی ننھی بوندیں پڑ رہی ہیں۔

کہیں دور کوئی شخص پہاڑ سے اترنے کے بعد تیزی سے وادی کی طرف بڑھ رہا ہے۔ اس نے سرخ رنگ کی ٹکٹائی لگا رکھی ہے اور اس کے دائیں ہاتھ میں صد سطری حکم نامے کا کاغذ پھڑپھڑا رہا ہے۔

تنگ اندھیرا زینہ

زینہ بہت ہی تنگ و تاریک ہے

میں دائیں دیوار کا سہارا لیے سوچ سوچ کر قدم اُٹھاتا ہوں
مجھے آخری منزل پر پہنچنا ہے جہاں ایک شخص میرا انتظار کر رہا ہے اُسے واقعی میرا انتظار ہے۔ وہ کئی زمانوں سے مجھ سے ملنے کے لیے بے تاب ہے ــــ بہت بے تاب ہے ....

اور میں سوچ سوچ کر قدم اُٹھا رہا ہوں کہ زینہ بہت ہی تنگ ہے اور تاریک ہے ــــ ایک، دو، تین ــــ دس ــــ بیس ــــ سو ــــ ایک سو ــــ ــــ

میں پائیدان گن رہا ہوں ــــ ارے ! میں اتنا زینہ طے کر چکا ــــ اور ابھی ــــ ابھی مجھے اور اوپر چڑھنا ہے ــــ اور ــــ اور ــــ

اور زینہ تنگ ہے اور تاریک اور دائیں دیوار سیلی ہوئی ہے۔ اور میرے دائیں ہاتھ کی ہتھیلی بھیگ گئی ہے۔ میرا سانس پھولنے لگا ہے لیکن میں اوپر چڑھ رہا ہوں ــــ اوپر ــــ جہاں وہ میرا انتظار کر رہا ہوگا ــــ اور شاید اپنے کمرے کے باہر دروازے پر کھڑا ہوگا ... ــــ اکیلا ــــ اداس اور بے تاب ــــ

وہ واقعی مجھ سے ملنا چاہتا ہے ــــ مجھے یقین ہے: ہم ضرور ملیں گے۔ نہ جانے اب کیا وقت ہوگا؟

ــــ کیا وقت ہوگا اب: میں اپنے آپ سے پوچھتا ہوں۔ اندھیرا گہرا ہے اور کلائی کی گھڑی میں وقت دیکھنا بے کار ہے۔ ــــ تو گویا میری گھڑی بیکار ہو گئی۔ یہ چل رہی ہے ــــ اسکی آواز میں سن سکتا ہوں، ٹک ــــ ٹک ــــ ٹک ــــ ٹک... لیکن یہ بے کار ہے۔ مجھے نہیں معلوم اب وقت کیا ہے اور یہ بھی کہ باہر رات ہے یا دن۔

کچھ بھی ہو، وہ شخص دروازے پر کھڑا میرا انتظار کر رہا ہوگا ــــ میز سج چکی ہوگی ــــ کب کی، نہ جانے کب کی اور اب تو کھانا بھی ٹھنڈا ہو چکا ہوگا۔

وہ میرا انتظار کر رہا ہوگا اور بھوکا ہوگا لیکن وہ اکیلا نہیں کھائے گا۔ اس کی نظر بار بار میز پر رکھے شیشے کے گلاسوں اور مقامی شراب کی بند بوتل پر پڑتی ہوگی اور وہ بار بار بھنے ہوئے تیتر اور تلی ہوئی مرغابی پر نظر ڈالتا ہوگا اور پھر اس کی نظر زینے کی طرف اٹھ جاتی ہوگی ــــ

ابھی نہیں آیا ——— نجانے کب آئے گا ——— نجانے کب۔

اس کی آنکھیں سرخ ہوں گی اور پلکیں بھاری۔ وہ سوچ رہا ہوگا: بتّی بجھا دے ——— اندر کھانے کی میز کے پاس کاوچ پر سو جائے ——— وہ سوچ رہا ہوگا: شاید وہ آج بھی نہ آئے ——— شاید کسی نے اسے روک لیا ہو ——— شاید وہ بھول گیا ہو ——— شاید وہ بھول گیا ہو کہ اسے یہاں پہنچنا ہے ——— شاید وہ بھول گیا ہو کہ میں اس کا انتظار کر رہا ہوں ——— شاید وہ بھول گیا ہو ——— شاید ——— شاید۔

اور وہ سوچ رہا ہوگا یا ربار گھڑی کی طرف دیکھتا ہوگا اور پھر اندھیرے زینے کی طرف ——— اس کے کان میرے قدموں کی آہٹ سننے کے لیئے بے چین ہوں گے بے تاب ——— وہ بے تاب ہوگا اور بھوکا ہوگا۔ نیند اس کی آنکھوں میں بھری ہوگی مگر وہ جاگ رہا ہوگا ——— اور دروازے پر کھڑا میرا منتظر ہوگا ——— بے تاب، بے چین ——— اور اداس ———

میں اب بہت اوپر آچکا ہوں کئی ہزار پائیدان طے کر چکا ہوں اندھیرا گہرا ہے اور زینہ تنگ۔ مجھے کچھ نظر نہیں آرہا: لگتا ہے کہ میں اندھا ہو گیا ہوں ——— اور نہ جانے کب سے بے آواز قدموں کے ساتھ اوپر چڑھ رہا ہوں۔

کھٹ

کھٹ

کھٹ . . . . .

یہ کون ہے ـــــ یہ کس کے قدموں کی آہٹ ہے۔

کھٹ ـــــ کھٹ ـــــ کھٹ ـــــ کھ ـــــ

آخر یہ کون میرا پیچھا کر رہا ہے ـــــ آخر یہ کون ہے ـــــ جو اندھیرے میں میرے پیچھے پیچھے آرہا ہے۔

خوف سے میرا بدن کانپ رہا ہے ـــــ وہ میرے قریب آرہا ہے ـــــ اور اب ـــــ اب میں ان کے سانسوں کی آواز بھی سن رہا ہوں ـــــ اندھیرا گہرا ہے اور زینہ تنگ۔

کوئی میرا گلا دبوچ رہا ہے ـــــ پورے زور کے ساتھ ـــــ میں چیختا ہوں ـــــ مگر میری چیخیں حلق میں پھنس گئی ہیں ـــــ خوف سے میرا بدن کانپ رہا ہے۔

مگر نہیں ـــــ کوئی نہیں ـــــ شاید یہ میرے اپنے ہی قدموں کی آواز تھی اور وہ ہاتھ ـــــ وہ ہاتھ شاید میرا ہی تھا ـــــ میرے گلے کو دبوچتا ہوا ایک سرد اجنبی ہاتھ شاید میرا تھا ـــــ شاید میں مرنے لگا تھا: خودکشی ـــــ لیکن نہیں مجھے اوپر جانا ہے ـــــ اُس سے ملنا ہے: وہ بیتاب ہوگا بہت بے تاب ہوگا۔ لیکن یہ درد ـــــ یہ ٹیس ـــــ یہ اندھیرا اور اوپر ہی اوپر جاتا ہوا یہ کبھی نہ ختم ہونے والا زینہ ـــــ

اور اچانک میں کسی چیز سے ٹکرا گیا ہوں ـــــ سامنے دیوار ہے ـــــ میں دونوں ہاتھوں سے اسے چھوتا ہوں، ایک سیلی ہوئی دیوار میرے سامنے ہے ـــــ ایک سیلی ہوئی دیوار میرے دائیں۔

اور مجھے بائیں طرف مڑنا ہے شائد میں اوپر پہنچ گیا ہوں اور اب آخری پائیدان پر کھڑا ہوں۔ سامنے سیلی ہوئی دیوار ہے اور دائیں طرف بھی۔ میں بائیں طرف قدم اٹھاتا ہوں اور دھیرے دھیرے آگے بڑھتا ہوں۔

اور اب میں دیکھ رہا ہوں: سامنے دالان ہے ـــــ چاروں طرف گرد ہے اور خشک پتے ـــــ لگتا ہے شاید یہاں کوئی نہیں رہتا ـــــ صدیوں سے کوئی نہیں رہتا ـــــ کوئی نہیں ـــــ کوئی نہیں۔

مگر وہ ـــــ اچانک میرے کمرے کی طرف دیکھتا ہوں: کھڑکی کے ذریعے باہر روشنی پڑ رہی ہے: تو شائد وہ اندر ہے۔

میں دروازے کی طرف بڑھتا ہوں

دروازہ بند ہے

اور اس میں تالا لگا ہوا ہے۔

میں کھڑکی کے شیشوں میں سے اندر جھانکتا ہوں: چھوٹا سا کمرہ ہے۔ ایک طرف میز پر کھانا سجا ہے۔ درمیان میں شراب کی بند بوتل بھی پڑی ہے۔

اور شیشے کے دو چھوٹے چھوٹے گلاس بھی ـــــ چکنے، گول اور نازک ـــــ نازک گول اور چکنے ـــــ

لیکن وہ کہاں ہے ـــــ وہ ـــــ؟

اور میں اُسے آواز دینے لگتا ہوں ـــــ مگر اس کا نام

اس کا نام کیا ہے؟؟

میں زور سے پکارتا ہوں ، ——— نام کیا ہے ؟
اور میری آواز دیواروں اور گنبدوں سے ٹکرا کر واپس آتی ہے :
نام کیا ہے ——— نام کیا ہے ——— نام کیا ہے ———
اور میں پاگلوں کی طرح اِدھر اُدھر دیکھتا ہوں۔ میرا بدن ٹوٹ چکا ہے۔
میں تھک چکا ہوں ——— میں ہار چکا ہوں۔
میری گردن جھک گئی ہے۔
اور اب میں دھیرے دھیرے زینے کی طرف بڑھ رہا ہوں۔
زینہ تنگ ہے : تاریک ——— اور طویل ———
اور اب مجھے نیچے اترنا ہے ——— نیچے :
میں جلدی جلدی زینہ اتر رہا ہوں ———
ممکن ہے
نیچے
وہ میرا انتظار کر رہا ہو۔

●●

س کا جنم

○یے چلتے چلتے اچانک رک گئی اور اس کا بازو پکڑ کر بولی، بس یہاں پھاوڑا چلا دے ...

س نے نیچے دیکھا: ساری زمین پتھریلی تھی اور جہاں اس کے قدم رکے تھے وہاں ایک بڑا سا پتھر زمین سے انچ دو انچ باہر نکل آیا تھا۔

بس چلا دے پھاوڑا یہاں ....

یے کی آواز سناٹے میں چاروں طرف کوندنے لگی۔

س نے نیچے سے دیکھا۔ پھر اس کی نظریں یے کے چہرے پر گر گئیں۔ یے کے ماتھے پر، ناک کی سرخی مائل نوک پر اور نچلے لب تلے پسینے کے ننھے ننھے قطرے چمک رہے تھے۔

دونوں چند لمحوں تک ایک دوسرے کو چپ چاپ دیکھتے رہے

پھر اس نے پھاوڑے کے ہتھے کو مضبوطی سے پکڑ لیا اس کے بازوؤں کی مچھلیاں پھڑ پھڑانے لگیں۔

س ایک معمولی کسان کا بیٹا تھا اور بچپن ہی سے پھاوڑے اور زمین سے کھیل رہا تھا، کہتے ہیں:

س کی ماں نے س کو کھڑے ہو کر جنا تھا۔ گاؤں والے یہ بھی کہتے ہیں کہ س کی پیدائش کے سات دن بعد گومتی مر گئی تھی۔

س نے دونوں ہاتھوں سے پھاوڑے کو مضبوطی کے ساتھ پکڑ لیا۔ وہ اچھی طرح جانتا تھا کہ اس بنجر زمین میں دودھ کا ایک قطرہ بھی نہیں ہے۔ وہ یہ بھی جانتا تھا کہ جب سے اس زمین کا گربھ پات ہوا ہے اس کی چھاتیاں سوکھ گئی ہیں اور اب یہ کبھی ہری نہ ہوں گی۔

یے خوشی سے چلّا اٹھی۔

دیکھو ــــــ دودھ کی دھار ــــــ کتنی ٹھنڈی ہے اور کتنی میٹھی ....

اور یے نے ایک ایک کر کے سارے کپڑے اتار دیئے اور چنگاریوں میں نہانے لگی۔

○○ بستی پر نہ جانے کیا قیامت ٹوٹی تھی کہ سارا اناج جل گیا تھا۔ لوگ دانے دانے کو ترس رہے تھے۔ پہلے تو انہوں نے اپنے پالتو جانوروں کو کاٹ کاٹ کر کھایا ــــــ پھر خوراک کی تلاش میں اندھیرے جنگلوں

کی طرف بھاگنے لگے۔

جیسے ہی رات کا آخری ستارہ بجھتا، بستی کے سارے مرد چھوٹی بڑی ٹکڑیوں میں، لوہے اور لکڑیوں کے ہتھیار کاندھوں پر رکھ کر بستی سے نکل جاتے۔ کبھی یوں بھی ہوتا کہ ایک ٹولی کے مرد جب کسی جنگلی سور یا بھینسے کا شکار کر کے، فلک شگاف نعرے لگاتے ہوئے بستی کی طرف لوٹ رہے ہوتے کہ دوسری ٹولی کے لوگ جنھیں (دن بھر کی تلاش و محنت کے بعد بھی کوئی شکار نہ ملتا) ان پر حملہ کر دیتے اور پھر بنجر زمین پر دور دور تک لہو بکھر جاتا...

○○○ میں جب بھی اپنے دوستوں کو یہ قصہ سنانے بیٹھتا ہوں، محفل بے لطف ہونے لگتی ہے۔ گوسوامی طنزیہ لہجے میں مجھ سے پوچھتا ہے:
سمنت ناگ! یہ بتاؤ جب گوتمی نے اس کو جنم دیا تھا تب اس کی عمر کیا تھی۔؟

ایک طویل قہقہہ ایک سرے سے دوسرے سرے تک گونجنے لگتا ہے۔
میں ایسے حالات میں غیر استعاراتی زبان کا سہارا لینا ضروری سمجھتا ہوں اور دھیمی آواز میں سب پر یہ راز منکشف کرتا ہوں کہ جب اس نے جنم لیا تھا اس وقت اس سات برس کا تھا۔

یار لوگ اسے بھی استعاراتی جملہ سمجھ کر بدمزہ ہونے لگتے ہیں، اور اٹھنے کے لیے پہلو بدلنے لگتے ہیں۔ میں پھر کہتا ہوں۔ گوتمی نے اس کو پورے سات برس اپنے گربھ میں رکھا تھا۔۔

گوسوامی ہر وقت خوب صورت جملوں کی تلاش میں رہتا ہے۔ وہ پھر پوچھتا ہے: آخر اس کا سات کے ہندسے سے کیا تعلق ہے؟

اگرچہ میں گوسوامی کی اس بات کا جواب بڑی تفصیل کے ساتھ دے سکتا ہوں اور یہ بھی بتا سکتا ہوں کہ میں ہی کی نہیں بلکہ یہ کی کہانی بھی بتانے کے ہند سے کی بار بار تکرار کے بغیر مکمل نہیں ہو سکتی ۔ لیکن اس بات کی وضاحت کے لئے مجھے پھر دیومالا کے پانیوں میں اترنا پڑے گا اور پھر بھی یہ طے نہیں کہ میں گوسوامی اور اس کے دوستوں کو مطمئن کر پاؤں گا یا نہیں

0000 سیمینار کے ختم ہوتے ہی سب لوگوں نے نندن کو گھیر لیا ہے اور اس سے پوچھ رہے ہیں :

کیا یہ سچ ہے کہ آج رات کو راجد ھانی پر حملہ ہونے والا ہے؟

ہاں یہ ٹھیک ہے — نندن مسکراتا ہے اور یہ بھی سچ ہے کہ دشمن کا کوئی طیارہ ہمارے آسمانوں میں داخل نہیں ہو سکتا۔

تالیوں کے شور میں سب لوگ ایک ایک کر کے باہر نکل رہے ہیں۔

میں ایک طرف کونے میں کھڑا ہوں ۔ جی چاہتا ہے کہ کہہ دوں : کل کا سورج اس شہر میں ایک بھی آدمی کو زندہ نہیں دیکھے گا۔

گوسوامی نے شاید میری بات سن لی ہے۔ وہ اداس آنکھوں سے مجھے دیکھ رہا ہے ۔ ہال میں اب صرف تین آدمی رہ گئے ہیں ۔ نندن اور گوسوامی اور میں ۔

گوسوامی نے آگے بڑھ کر نندن سے پوچھا : میں نے سنا ہے تم شام ہونے سے پہلے پہلے یہ شہر چھوڑ کر کسی محفوظ مقام پر جا رہے ہو۔

اور اس سے پیشتر کہ نندن کہے : آج رات دشمن کا کوئی طیارہ...

گوسوامی کی آنکھیں بھیگ گئیں۔ اس نے نندن کا بازو پکڑ کر کہا: اگر ممکن ہو تو میری بیوی کو بھی ساتھ لیتے جاؤ وہ میرے بچے کی ماں بننے والی ہے...

ایک ایک کرکے ہال کی سب بتیاں بجھنے لگی ہیں۔ نندن جاچکا ہے اور اب شاید باہر اپنی موٹر اسٹارٹ کر رہا ہے۔ گوسوامی دیوار کا سہارا لیے چپ چاپ کسی اندھی سوچ میں گم ہے۔ لگتا ہے جیسے کسی خوبصورت جملے کی تلاش میں وہ کہیں دور نکل گیا ہے۔

○○ اور پھر صبح ہوتے ہوتے ساری بستی میں شور مچ گیا۔ اس نے شاید انتقام لیا تھا ــــــ لیکن کس سے ــــــ اپنی بیوی سے یا اپنے سات دن کے گل گوتھنے بچے سے۔ بستی کا ہر آدمی جانتا تھا کہ س بہت ہی سیدھا اور شریف نوجوان ہے۔ وہ کسی کو دکھی نہیں دیکھ سکتا تو کیا یہ کاہ گیلاپن اس کے ذہن میں نہیں تھا۔ وہ بیوی کو بہت چاہتا تھا اور اپنے بچے کو بھی کہ جس کو دیکھنا یا چھونا اس کی قسمت میں نہیں تھا۔ مہاپتی نے صاف صاف کہہ دیا تھا کہ وہ اگر اسے سات برس سے پہلے دیکھے یا چھوئے گا اسے ناگ ڈس لے گا۔ اور س موت سے بڑا خائف تھا۔ رات کو سوتے میں چونک چونک پڑتا تھا اور پھر دیر تک موم کی طرح اندر ہی اندر پگھلتا رہتا تھا....

سات برس ــــــ

سات برس تو بہت ہوتے ہیں۔ راج گرنی کے آشرم میں دکھیاں دیتے دیتے مل اچانک خاموش ہوگیا۔ اس نے آنکھیں موندلیں۔ بیٹے کا چہرہ اس کے سامنے گھوم گیا۔

کل صبح ہم یہاں سے پرا ستھان کریں گے۔ یہ ہماری آگیہ ہے۔

افق پر سنہری برادہ بکھرا تو آشرم کے درختوں کے گنجان پتّوں میں چیں چیں کرتے پرندے نیم دائروں میں آسمان در آسمان پھیل گئے۔ چاروں طرف سبز پہاڑیاں دھند میں لپٹی ہوئی تھیں۔ یگ ڈنڈی یگ ڈنڈی نوجوان سادھوؤں کے اشلوک گونج رہے تھے۔ ان آوازوں کی جادوئی جھنکار پہاڑوں کی چوٹیوں سے ٹکرا کر لوٹ رہی تھی اور جنگل شبنم کی طرح برس رہی تھی

سات برس ــــ

سات برس کیا ہوتے ہیں یہ کوئی اس کے دل سے پوچھے وہ سات برس تک اپنے گل گوتھنے بچے کو تلاش کرتا رہا۔ یہ کے اکیلے پن کا سانپ گلے میں ڈالے ڈالے اس نے بحر و بر کا چپہ چپہ چھان مارا بستی والے کہتے تھے: اب وہ واپس نہیں آئے گا۔ وہ تو اپنی تلاش میں گیا ہے۔ پھر ایک دن یے نے بھی یہ خبر سنی اور قریب قریب چیخ اٹھی۔

نہیں نہیں۔ سب جھوٹ ہے ۔ ۔ ۔ ۔ جھوٹ جھوٹ دو دو

○○○ گوسوامی سات کے ہندسے سے بہت چڑتا ہے میں دیکھتا ہوں کہ وہ کچھ کہنے کے لئے پھر سے پر تول رہا ہے: بھائی سمنت ناگ! اگر تم اس کہانی میں سات کے ہندسے کی جگہ کوئی اور ہندسہ استعمال کرلو تو ہمیں اس منحوس ہندسے سے نجات ملے۔ اس پر سب اس کی ہاں میں ہاں ملا رہے ہیں مجھے صرف ایک دن کی مہلت دیجئے۔ میں اس مسئلے پر غور کرنا چاہتا ہوں۔ اچانک ایک سرے سے دوسرے سرے تک ایک طویل قہقہہ

گونجنے لگتا ہے۔

○○○○ ایک دبی دبی آواز اُبھرتی ہے۔

پھر ـــــ دوسری ـــــ تیسری ـــــ اور چاروں طرف شور ہی شور ـــــ کانوں پڑی آواز سنائی نہیں دیتی۔

اب یہ سمینار ختم کرو۔ وقت بہت ہو چکا۔ اندھیرا چھا رہا ہے۔ لوگوں کو بہت دور جانا ہے ـــــ اور پھر آج رات ... آج رات اپنے شہر پر دشمن ہوائی حملہ کرنے والا ہے۔ کسی نے بھی اپنے گھر میں چراغ نہیں جلایا ـــــ چاروں طرف گھٹا ٹوپ اندھیرا چھایا ہوا ہے۔ سب لوگ خاموشی کے ساتھ اپنی موت کے منتظر ہیں .... گوسوامی اسی طرح چپ چاپ گھر سے سمندروں میں سفر کر رہا ہے۔

.... اور گربھ وتی گوتمی اپنے گھر کے ایک اندھیرے کمرے میں گوبر پتی دیوار کا سہارا لیئے ہزاروں برس سے آج بھی اسی طرح کھڑی ہے اور کراہ رہی ہے

.... تو شاید ابھی اس نے جنم نہیں لیا ....

زرد گھاس کا سمندر

اور ایک دن شہر کے مختلف علاقوں اور مختلف قوموں کے نمائندے اس تاریخی تکونے میدان میں جمع ہوئے۔ وہ ہزاروں کی تعداد میں تھے اور اپنے چہرے مہرے اور لباس سے ایک دوسرے سے قطعی مختلف نظر آ رہے تھے۔

جب شنکھ کی آواز میدان میں گونجی تو وہ سب ایک لمبے اور طویل قافلے کی شکل میں پرانے باغ کی طرف روانہ ہو گئے۔ سورج سرمئی سرنگ میں سے رینگتا ہوا آسمان کے وسط میں نیلگوں پردہ پر آ کر کھڑا ہو گیا تھا۔ —— بادل دھیرے دھیرے چھٹ رہے تھے۔ اور ایک گرم اور سفید رنگ چاروں طرف پھیلتا جا رہا تھا۔

سفر طویل تھا مگر لوگ بھوکے پیاسے بڑی خاموشی کے ساتھ سر جھکائے چل رہے تھے ---- اور اپنے پیچھے دھول کا ایک غبار چھوڑتے

جا رہے تھے اچانک شنکھ کی آواز ایک بار پھر گونجی۔ جو شخص جہاں بھی تھا وہیں کھڑا ہو گیا ——— سورج اب پھر سرمئی رنگ میں چھپ گیا تھا اور ہوا دھیرے دھیرے نیچے اتر رہی تھی۔ قافلے کے اگلے سرے والے لوگ اب پرانے باغ کے پھاٹک تک آ گئے تھے۔ ہر شخص ایک دوسرے کو پرے ڈھکیلتا ہوا آگے بڑھنے کی کوشش کر رہا تھا۔ کاف جو سب سے آگے کھڑا تھا ——— قافلے والوں سے اونچی آواز میں مخاطب ہوا: "دوستو مجھے اندر جانے کی اجازت دیجئے تاکہ میں تمام حالات کو اپنی آنکھوں سے دیکھوں اور باہر آ کر آپ کو آگاہ کروں۔" اتنے میں آگے کھڑے ہوئے لوگوں میں بھگدڑ مچ گئی اور اس افراتفری میں بہت سوں کے پیر کچل گئے ——— اور پھر اتنا شور ہوا کہ کسی کی آواز کسی کو سنائی نہیں دی۔ بظاہر سبھی لوگ ایک دوسرے کو چپ کرانے میں لگے تھے ——— مگر شور تھا کہ بڑھتا ہی جا رہا تھا۔ کاف اپنے پھیپھڑوں کا پورا زور لگا کر ایک مرتبہ پھر چیخا۔ "دوستو! آپ کو یہ نہیں بھولنا چاہیے کہ آپ اس ملک کے باشندے ہیں جس کا نظم و ضبط پورے عالم میں قابل رشک رہا ہے۔ میرے اندر جانے پر آپ لوگوں کو یوں بھی اعتراض نہیں کرنا چاہیئے کہ میرے آبا و اجداد باغبانی کے فن میں ماہر تھے اور میرے والد اپنے وقت کے بہت بڑے اور عظیم باغبان تسلیم کئے گئے تھے۔ اور ہاں ——— ہمارے ملک کا قومی نشان جو سفید اور سیاہ رنگ کا پھول ہے، اسے میرے والد نے ہی دریافت کیا تھا اور مجھے فخر ہے کہ مجھے یہ فن وراثت میں ملا ہے۔ میں مختلف پھولوں کو چھو کر یا سونگھ کر بتا سکتا

ہوں کہ وہ کس نسل کا ہے اور اس کی کیا تاثیر یا کیا کیفیت ہے۔"

کاف کی اس مختصر تقریر نے تمام لوگوں پر جادو کر دیا اور سبھی نے ایک زبان ہو کر کہا "اچھا تم اندر جاؤ ہم لوگ باہر تمہارا انتظار کریں گے ——— لیکن یاد رہے کہ باہر آ کر تم جو کچھ ہم سے کہو گے وہ سب سچ ہوگا۔ اور سچ کے علاوہ کچھ نہیں ہوگا۔"

کاف نے اثبات میں سر ہلایا ——— اور پھاٹک کے اندر داخل ہو گیا۔

اس نے اندر جا کر چاروں طرف نگاہ دوڑائی اور سر سے پاؤں تک لرز گیا۔ باغ ایک وسیع دائرے میں گھرا ہوا تھا اور اس کے چوگرد سیاہ پتھروں کی شکستہ اور اونچی دیوار تھی۔ باغ کیا تھا ایک اچھا خاصا ویرانہ تھا۔ زرد گھاس کا ایک چھوٹا سا جنگل ——— جہاں کوئی درخت ——— کوئی پودا نہیں تھا ——— صرف ٹخنے ٹخنے گھاس تھی ——— زرد اور مردہ وہ ڈرتے ڈرتے گھاس کے سمندر میں اترا تو گھاس کی پتیاں ایک ہلکی سی غیر مانوس آواز کے ساتھ ٹوٹنے لگیں ——— ایک عجیب ہیبت ناک زردی سارے باغ میں پھیلی ہوئی تھی ——— دور ——— دائیں طرف ایک گول مٹول سا ادھ کٹا خشک درخت نیچے کی جانب جھکا ہوا کھڑا تھا۔ جس پر کوئی ٹہنی نہیں تھی۔ کوئی پتا اور کوئی پھول نہیں تھا، ایک خشک سیاہ اور ادھ کٹا درخت: جو اس خوفناک زردی میں عجیب مکروہ منظر پیش کر رہا تھا۔

کاف کا دل ڈوب سا گیا۔ تو کیا یہ ہیبت ناک زردی ہی ہمارا مقدر ہے؟ باہر کھڑے ہوئے لوگوں سے جا کر میں کیا کہوں گا؟ ——— کیا میری تمام ذہانت یونہی بے کار چلی جائے گی ——— ؟ ہم لوگ کیا کیا امیدیں لے کر یہاں آئے تھے ——— ہمارے بزرگوں کو تو کبھی اس طرح ہزیمت کا منہ نہیں دیکھنا پڑا ——— اور دھیرے دھیرے اس ادھ کٹے دیو کی جانب بڑھا ——— ایک غیر مانوس آواز کے ساتھ گھاس کی پتیاں پھر ٹوٹنے لگیں ——— اور اس کے پاؤں کے ساتھ ساتھ ایک ننھی منی پگ ڈنڈی بنتی چلی گئی ——— وہ سیاہ دیو کے پاس جا کر کھڑا ہو گیا ——— ایک بار پھر اس نے چاروں طرف نگاہ دوڑائی ——— ایک زرد سمندر اس کی آنکھوں کے سامنے گھوم گیا ——— اس کی آنکھوں میں آنسو بھر آئے۔ باہر کھڑے ہوئے لوگوں سے جا کر میں کیا کہوں ——— ؟ کیا میری ذہانت ——— کیا میں ———

اور وہ بھاری قدموں کے ساتھ اس ننھی منی پگ ڈنڈی کے راستے پھاٹک کی طرف بڑھا۔ پھاٹک تک پہنچ کر اس نے ایک بار پھر سارے باغ کو یاس بھری نظروں سے دیکھا ——— اور جلدی سے باہر نکل آیا۔

باہر لوگوں نے جھپٹ کر اسے اٹھا لیا۔ اور اس کی جے کے نعرے بلند کرنے لگے۔ مگر وہ اداس تھا اور خاموش۔ ایک زہر بھری زردی تھی۔ جو اس کی رگ رگ میں سما گئی تھی ——— اور جب ہجوم کا زور سنبھلا تو اسے نیچے اتار

دیاگیا ——— اور ایک ہی سوال مختلف آوازوں کے ساتھ اس کی روح پر تیروں کی طرح برسنے لگا: کاف! اب تم ہمیں اپنی فتوحات سے آگاہ کرو ——— مگر کاف خاموش تھا ——— اور اداس!

"کاف! ہمارے صبر کا امتحان مت لو ——— اور کہو ——— خوب کھل کر کہو۔

"کاف ———"

"ک ااا ف ———"

"ک اااا ف ف "———"

اور کاف کے شور میں اس نے اپنا سر اوپر اٹھایا اور تھکے تھکے لہجے میں بولا:

دوستو! میں تم سے سچ کہتا ہوں اور سچ کے علاوہ کچھ نہیں کہتا ———

مگر وہ کہتے کہتے رک گیا ——— ہزاروں آنکھیں اس کی طرف سوالیہ نشان بن کر اٹھیں۔

ہزار ہا سوالیہ نشان ——— مگر ایک ہی سوال تھا صرف ایک۔ کہو ——— خوب کھل کر کہو ——— ہمارے صبر کا امتحان مت لو۔ کاف

"ک ااا ف ف"

اس نے خود کو سنبھالا ——— اور قدرے بھرائی ہوئی آواز میں بولا: دوستو! میں اپنے آپ پر لعنت بھیجتا ہوں اور بزرگوں پر بھی۔ سچ تو یہ

ہے کہ ——— وہاں کوئی پیڑ۔ کوئی پودا، کوئی پتا اور کوئی پھول نہیں ہے۔
وہاں تو زرد سمندر ہے جس پر ایک بھیانک دیو حکمران ہے"

مجمع پر ایک ہراس چھا گیا۔ بہت سے لوگ چیخ کر پیچھے ہٹ گئے اور پھاٹک سے لگے ہوئے چند نوجوان فوراً اچھل کر ہجوم میں گم ہو گئے۔

اور پھر دھیرے دھیرے یہ پورا قافلہ واپس شہر کی جانب چل پڑا

کاف اب سب سے پیچھے، سر جھکائے، چپ چاپ چل رہا تھا ——— گھاس کی پتیاں جیسے اب بھی اس کے چلنے سے ایک غیر مانوس آواز کے ساتھ ٹوٹ رہی تھیں۔

جب یہ قافلہ شہر میں پہنچا تو چھوٹی چھوٹی ٹکڑیوں میں منتشر ہو گیا۔ اور مختلف بازاروں اور گلیوں کے اندھیروں اجالوں میں ڈوب گیا

کاف جب اپنے گھر پہنچا تو رات ہو چکی تھی۔ اس کی دہلیز پر بہت سے اخباری نمائندے کھڑے تھے جنہوں نے اسے آتا دیکھ کر، اسے چاروں طرف سے گھیر لیا اور اس پر سوالات کی بوچھار کر دی۔ مگر وہ سب کو پرے ڈھکیلتا ہوا گھر کے اندر داخل ہو گیا ——— اس کی بیوی جھپٹ کر اس کے قریب آئی۔ اس سے پیشتر کہ وہ کچھ بولے، کاف نے کہا، باہر کچھ لوگ کھڑے ہیں انہیں اندر بلا کر ڈرائنگ روم میں بٹھا لو ——— میں منہ ہاتھ دھو کر ابھی ابھی آتا ہوں

کافی دیر بعد جب وہ غسل خانے سے نکلا تو اس کا چہرہ کھل رہا

تھا اور وہ خاصا تازہ دم نظر آرہا تھا ——— وہ ایک اداکار کی طرح مخصوص انداز میں چلتا ہوا ڈرائینگ روم میں داخل ہوا ——— اس نے جھک کر اخباری نمائندوں کو سلام کیا اور پھر ان کے سامنے صوفے پر بیٹھ گیا اور بولا : ہاں تو آپ میرا بیان نوٹ کر لیجیے ——— بیان چونکہ خاصہ طویل ہے لہذا آج میں آپ کو چند باتیں ہی بتا پاؤں گا ——— اگلی قسط کے لئے آپ کو کل پھر آنا ہوگا ——— اخباری نمائندوں نے مسکرا کر اپنی پنسلیں اور کاپیاں نکال لیں ——— اور کاف کے پر سکون چہرے کی طرف دیکھنے لگے ——— کاف تھوڑی دیر کے لئے خاموش ہو گیا اور پھر کہنے لگا : دوستو! میں نے آج جو منظر دیکھا ہے۔ اس کے اثر سے ابھی تک باہر نہیں نکل سکا۔ وہ باغ نہیں ——— بلکہ ——— " وہاں تقریباً سو سے اوپر درخت ہیں ——

——— " درخت ——— ؟ " سب اخباری نمائندے چیخے۔

" جی ہاں ! ——— ایک ایک فرلانگ لمبے درخت بالکل سیدھے ——— اور ان پر پھول بھی ہیں۔

" لیکن لوگوں نے تو ——— " اخباری نمائندوں نے کچھ کہنا چاہا۔ مگر کاف نے انہیں ٹوک دیا اور بولا ! لوگ کچھ نہیں جانتے میں جانتا ہوں۔ آپ لکھتے رہیئے ——— وہاں پر پھل بھی ہیں

خرگوش کی طرح سفید ——— اور حیرت کی بات یہ ہے کہ ان پھولوں کی خوشبو کچھ ایسی ہے کہ میں ابھی اس کی کیفیت آپ کو نہیں بتا سکوں گا۔ ——— لیکن مجھے یقین ہے کہ میں اس مسئلے پر غور کر کے ضرور کسی خاطر خواہ

نتیجے پر پہنچ جاؤں گا۔ فی الحال اتنا ہی یاد رکھیئے کہ ان کی خوشبو کچھ ایسی ہے کہ جسے کوئی نام نہیں دیا جا سکتا ______"

کاف یہ مکالمے ایک منجھے ہوئے اداکار کی طرح ادا کر رہا تھا اس کا چہرہ سرخ ہو گیا تھا ______ اور وہ ہاتھ اٹھا اٹھا کر اور منہ بنا بنا کر ایک ایسا بیان دے رہا تھا جسے سُن کر تمام اخباری نمائندے حیران تھے۔

دوسرے دن صبح جب وہ اٹھا تو اس کے گھر کے باہر بہت سے لوگ جمع تھے۔۔ ان میں سے زیادہ تر وہ لوگ تھے جو کل اس کے ساتھ اس طویل قافلے میں شریک تھے۔

وہ مسکراتا ہوا باہر نکلا اور دہلیز پر کھڑے ہو کر اس نے اونچی آواز میں کہا۔" دوستو! میں چونکہ کل بہت تھکا ہوا تھا اور پھر باغ کا عجیب و غریب منظر دیکھ کر خاصا جذباتی ہو گیا تھا اس لیئے میں نے وہاں آپ سے جو کچھ بھی کہا وہ سب غلط ہے ______ ! ابھی ابھی اخبارات میں آپ میرا جو بیان پڑھ کر آ رہے ہیں اس کا لفظ لفظ حقیقت پر مبنی ہے ______"

اتنا کہہ کر اس نے ہاتھ ہلایا اور واپس اندر آ کر ڈرائنگ روم میں جا بیٹھا۔ پل پل ٹیلیفون کی گھنٹی بجتی۔ سوالوں کا ایک ایسا سلسلہ تھا جو ختم ہونے ہی نہیں آ رہا تھا ______ شام تک کتنے ہی لوگ جن میں شہر کے رئیس، اس کے دوست احباب، رشتہ دار، سبھی اس سے مل چکے تھے۔ ہزاروں رنگ آ چکے تھے۔ یہاں تک کہ ایک روز ریڈیو سے ایک خاص پروگرام نشر ہوا

جس میں اس واقعہ کی تمام تفصیلات بیان کی گئی تھیں۔

اگلے روز بہت سے لوگ اس کے پاس آئے اور انہوں نے اس سے کہا: کاف! ——— تم غلط کہتے ہو ——— ہم ابھی ابھی پرانے باغ سے ہو کر آرہے ہیں۔ وہاں نہ تو کوئی پیڑ ہے اور نہ ہی کوئی پودا پھولوں اور پتوں کا تو سوال ہی پیدا نہیں ہوتا ——— وہاں تو چاروں طرف ٹخنے ٹخنے زرد گھاس ہے اور ایک ٹھگنا سا مکروہ درخت .....''

مگر کاف نے جواب دیا: ''آپ میری بات کا یقین کریں اخبارات میں میرا جو بیان شائع ہوا ہے وہ سو فی صد صحیح ہے اور اس میں کوئی مبالغہ نہیں۔ ایسا لگتا ہے۔ آپ لوگ اپنی بصارت کھو چکے ہیں۔

اور تیسرے دن صبح تمام اخبارات میں کاف کے دلچسپ بیان کی تیسری قسط شائع ہوئی۔ ایک اخبار نے تو اس قسط کا عنوان جمایا تھا۔

''کاف کے شہر میں بیس لاکھ اندھے!''

ایک اور اخبار نے پورے صفحے پر کاف کی دو آنکھوں کا کلوزاپ شائع کیا اور اوپر جلی حروف میں لکھا تھا:

''عہد حاضر کی دو عظیم آنکھیں!''

اس کے بعد بھی کئی مہم جوؤں نے بڑے بڑے اور قیمتی لینسز کے ساتھ پرانے باغ کا معائنہ کیا ——— مگر سب کو وہاں زرد گھاس اور کالے دیو کے سوا کچھ نظر نہ آیا ——— آخر کار، انہوں نے یقین کر لیا کہ ہمارے شہر کے تمام لوگ اپنی بصارت کھو چکے ہیں۔

اخباروں میں روزانہ کاف کے بیان کی ایک نئی اور سنسنی خیز قسط شائع ہو رہی تھی۔ وہ اب تک ریڈیو، فلم، ٹیلی وژن اور ملکی اور غیر ملکی ہزاروں اخباری نمائندوں کو انٹرویو دے چکا تھا اور حکومت کی طرف سے اسے متعدد اعزازات بھی مل چکے تھے۔

ایک دوپہر جب وہ لنچ کے بعد ڈرائنگ روم میں صوفے پر ادھ لیٹا آرام کر رہا تھا تو اس کے ملازم نے اسے اطلاع دی کہ ایک نوجوان اس سے ملنا چاہتا ہے اور وہ پرانے باغ کے سلسلے میں کچھ معلومات لایا ہے۔

کاف نے اسے اندر بلا لیا ——— بیس بائیس برس کا گہرے سانولے رنگ کا ایک نوجوان پردہ سرکا کر اندر داخل ہوا۔ اس کے سر کے بال بکھرے ہوئے تھے۔ پیشانی پر پسینے کی بوندیں چمک رہی تھیں ——— اور وہ بری طرح ہانپ رہا تھا۔ ایسا لگتا تھا جیسے وہ اس دوپہر میں بہت دور سے دوڑتا ہوا آیا ہے۔

مسٹر کاف! ——— اس نے کاف کو عجیب نظروں سے دیکھتے ہوئے کہا۔ میرا نام نون ہے اور شہر کے جنوب مشرقی علاقے میں میرا قیام ہے ——— میں ابھی ابھی پرانے باغ سے آ رہا ہوں۔"

یہ سن کر کاف مسکرایا۔" تو کیا آپ مجھے زرد گھاس اور کالے دیو کے بارے میں بتانے آئے ہیں۔"؟

"جی نہیں ———" نون نے طنزیہ لہجے میں جواب دیا۔

" میں آپ کو حقیقت سے آگاہ کرنے آیا ہوں۔ پرانے باغ میں ایک ایک فرلانگ والے لمبے اور سیدھے درخت بالکل نہیں ہیں ——"
کاف پھر مسکرایا۔" تو گویا آپ یہ کہنے آئے ہیں کہ وہاں زرد گھاس"

نوجوان نے کاف کو ٹوکا۔" مسٹر کاف زیادہ چالاک بننے کی کوشش مت کریں۔ پہلے آپ میری بات سن لیں۔ پھر کہیے گا۔
پرانے باغ میں کل ملا کر ایک ہزار نو سو چھیالیس درخت ہیں جن کے تنے سرخ ہیں —— ٹہنیاں نیلے رنگ کی ہیں اور اس پر پتے کتھئی رنگ کے اور پھول —— پھول بالکل چمگادڑوں کی طرح ایک دم سیاہ —— ایک دم "
نون بولتا جا رہا تھا۔ اور کاف جیسے اندر ہی اندر ڈوب رہا تھا
اسے نہیں معلوم کہ اس کے بعد نون نے اس سے کیا کہا—— وہ اپنے حواس میں تب آیا جب نون کا یہ جملہ اس کے کانوں میں گونجا: مسٹر کاف اِن آداب میں چلتا ہوں —— —— میرا پورا بیان آپ کل صبح اخبارات میں پڑھیے گا اس وقت بس اتنا ہی یاد رکھیے کہ اس شہر کے ۲۰ لاکھ اندھوں میں آج ایک آدمی کا اور اضافہ ہوا ہے —— خدا حافظ"—— اور اتنا کہتے ہی وہ چھپاک کے ساتھ پردہ ہٹا کر باہر نکل آیا —— ایک زرد اتھاہ سمندر تھا جو کاف کی آنکھوں کے سامنے لہرا رہا تھا اور اس کے کانوں میں گھاس کی پتیوں کے ٹوٹنے کی ایک غیر مانوس آواز گونج رہی تھی۔ ■■

ٹوٹی ہوئی رات

وہ آڑی ترچھی ہوکر میرے سامنے کھڑی ہوگئی۔ میں نے دیکھا اس کے گیسو کھل کر بکھر گئے تھے۔ اس کی پیشانی میرے اظہار کی روشنی میں جگمگا رہی تھی۔ اس کے رخساروں پر آنے والی بہار کے نئے پھولوں کے رنگ لرز رہے تھے۔ اور اس کی آنکھوں میں دھیمے دھیمے ایک اداس کر دینے والا نشہ پھیلتا جا رہا تھا۔

وہ پورے وجود اور پورے وقار کے ساتھ میرے سامنے کھڑی تھی۔ اس کا لباس فرش پر بکھرا ہوا تھا۔ اور وہ مجھ سے کہہ رہی تھی!

مت سوچ کہ میں کون ہوں۔ اور تیرا میرا کیا رشتہ ہے —— بس یہی جان کہ میں تیرے لہو کی قیدگاہ کے باہر ہوں ——

اور پھر وہ میرے قریب آگئی —— میں اس کے سانسوں کی جھنکار صاف سن رہا تھا۔ وہ کہہ رہی تھی میں تیرے بچوں کی ماں بنتا

چاہتی ہوں ـــــ اُٹھا ـــــ اور مجھے حاملہ کر ـــــ ۔

اور یہ کہتے ہوئے اس کا سارا بدن سرخ ہو رہا تھا اور وہ چراغ کی لَو کی طرح جل رہی تھی۔ اس نے اپنے ناخن کی نوک دائیں ہاتھ کی ابھری ہوئی نس میں چبھو دی اور اس سے قطرہ قطرہ لہو ٹپکنے لگا ـــــ پھر اس نے اپنا ہاتھ میرے لبوں پر رکھ دیا اور بولی ـــــ اسے چکھ! ـــــ اور پھر بتا یہ کس کا لہو ہے؟

میں سر سے پاؤں تک لرز گیا۔ میری قوم کے تمام لوگ اپنی اپنی قبروں میں پڑے تھے۔ میں نے لعنت بھیجی اپنے خدا پر ـــــ اپنے لہو کے زوال پر ـــــ اور پھر آڑے ترچھے جسم سے لپٹ کر سو گیا۔

چاند نیچے اتر آیا تھا۔

چھوٹے چھوٹے گدرے چنٹے بادل ایک دوسرے کے کاندھوں پر جھکے دھیمے دھیمے چل رہے تھے ـــــ اور ہوا زور زور سے ہانپ رہی تھی۔

دوسرے دن شام تک میں سویا رہا ـــــ خواب میں میں نے دیکھا! میں آپریشن ٹیبل پر پڑا ہوا ہوں مجھے ایکس تھیسیا دینے کے بعد ڈاکٹر نے نشتر سے میرے سینے کو کھول دیا ہے اور اب اس میں سے مداری کی طرح ایک ایک کر کے عجیب و غریب چیزیں نکال رہا ہے ـــــ میری قوم کے لوگ اپنی اپنی قبروں سے نکل نکل کر میری ٹیبل کے گرد جمع ہو رہے ہیں اور میری موت کی دعائیں مانگ رہے ہیں۔

رات تھکی ہاری ٹانگیں پسارے ابھی تک جاگ رہی تھی

کہ میری آنکھ کھل گئی ـــــ وہ میری بغل میں پڑی پھپھک پھپھک کر رو رہی تھی ـــــ اس کی آنکھوں میں کتنے ہی سورج ایک ساتھ غروب ہو رہے تھے۔

اوپر آکاش میں چاند کا گولا ٹوٹ کر بکھر گیا تھا اور نیچے گلی میں میرے بزرگ میرا نقلی جنازہ اٹھائے قبرستان کی طرف جا رہے تھے اور خوش تھے کہ آج کے بعد پھر کبھی سورج طلوع نہ ہوگا ـــــ رات اپنی ٹانگیں پسارے ابھی جاگ رہی ہے ـــــ پھر سو جائے گی اور سوتی رہے گی جب تک کہ ہم اپنی اپنی قبروں میں دھرتی کے بہت نیچے اتر چکے ہوں گے۔

اور میں اگلے روز سارا دن خود کو ہلکا پھلکا سا محسوس کرتا رہا ـــــ وہ دن میری زندگی کا پہلا دن تھا جب میں نے خود کو دوسروں سے مختلف پایا۔ میں جہاں بھی گیا اور جن جن سے بھی ملا سبھی کو یہی کہتے ہوئے سنا یہ اپنی قوم کا واحد فرد ہے جس کی تقدیر میں فتح لکھی ہے لیکن جس روز یہ باپ بننے گا۔ اس روز دھرتی پر قیامت آئے گی سمندروں کا پانی اچھل اچھل کر ساری زمین کو زیرِ آب کر دے گا۔ اور پہاڑوں کی گردنیں ٹوٹ ٹوٹ کر پانیوں میں ڈوب جائیں گی۔

اور جیسے جیسے دن قریب آتے گئے! ہم دونوں اُداس رہنے لگے۔ ہمیں ایک دوسرے سے بات کئے ہفتے گذر جاتے۔ اس کے چہرے پر ہلدی بکھر گئی تھی اس کی آنکھوں تلے کاجل پھیل گیا تھا اور ہونٹوں کی پتیاں سوکھ کر ٹوٹنے لگی تھیں ـــــ اس کی آدھی چھاتیاں انگیا سے باہر نکل آئی تھیں

اور اس کا پچھلا اور اگلا حصہ اس قدر بھاری ہو گیا تھا کہ وہ اگر کہیں بیٹھ جاتی تو پھر اٹھنا مشکل ہو جاتا ــــــ

اور پھر افق پر پھیلی ہوئی سرخی رفتہ رفتہ کالک میں تبدیلی ہوگئی۔

اور ایک پیلا اور اداس چاند ٹیلے بادلوں میں سے نمودار ہوا۔ وہ بدستور بجھی ہوئی تھی۔ اس کا سارا لباس فرش پر بے ترتیب پڑا تھا، احساسِ زوال سے اس کی گردن جھک گئی تھی اور وہ بڑی ہی پُردرد آواز میں کہہ رہی تھی! مت سوچ کہ میں کون ہوں! بس یہی جان کہ میں تیرے جسم کی قید گاہ کے باہر ہوں۔

پھر وہ میرے قدموں سے لپٹ کر رونے لگی! میں تیری گنہ گار ہوں ــــ مجھے سنگسار کر ــــ مجھے سنگسار کر ــــ

تب سب لوگ اپنی کوٹھڑیوں میں ایک دوسرے میں الجھے ہوئے سو رہے تھے۔ گلیاں بے رونق تھیں بازار سنسان پڑے تھے اور شہر کی فصیل کے باہر دشمن کی فوجیں تیار کھڑی تھیں۔ ہمیں بتایا گیا تھا: کہ ایسے موقعوں پر ہم اپنے ہتھیار اور اپنے زیورات اپنی عورتیں دشمن کے حوالے کردیں اور بڑی خاموشی اور تحمل کے ساتھ یہ ذلت برداشت کریں۔

اور پھر یہی ہوا! جب دشمن نے صدر دروازے پر یلغار کی ــــ تو بہت سے مردوں نے اپنے ہتھیار ڈال دیئے اور ان کی عورتیں اپنے ہتھیار ڈال دیئے اور ان کی عورتیں اپنے بچوں کو روتا ہوا چھوڑکر دشمن کے سپاہیوں کی گردنوں میں جھول گئیں۔

میں اپنے مکان کی چھت پر کھڑا یہ منظر دیکھ رہا تھا۔ سیاہی پھیلتی جا رہی تھی اور افق پر کھنچی ہوئی سفید لکیر کاجل ہو رہی تھی۔ میں نے دیکھا! گہرا نم اندھیرا سب پر چھا گیا تھا —— بازار اجڑ گئے تھے۔ گلیاں بِلک بِلک کر سو گئی تھیں —— اور مکانوں سے بچوں کے سسکنے کی آوازیں رفتہ رفتہ تیز اور خوفناک ہوتی جا رہی تھیں۔ میں نے لعنت بھیجی اپنے ملک پر اپنی قوم پر اور اپنے جسم پر اور ہاتھ میں تیشہ لیئے اندھیرے میں نکل کھڑا ہوا۔

چھت کی منڈیر پر ایک بلّی منہ اٹھا اٹھا کر رونے لگی۔ اور میں نے سنا کوئی کہہ رہا تھا۔ رات کے اندھیرے میں بلی کا رونا تو بہت اشبھ ہوتا ہے۔

اچانک میرے پاؤں سے لپٹے ہوئے سانپ کی گرفت مضبوط ہو گئی۔ اس نے اپنا سارا زہر میرے لہو میں حل کر دیا ——

میں جانتا تھا، وہ مجھے مرنے نہیں دے گی اور پھر وہی ہوا۔

وہ ہجوم کو چیرتی ہوئی میرے قریب آگئی اور میرا بازو پکڑ کر بولی۔

مت سوچ کہ میں کون ہوں۔ بس یہی جان! کہ تیری قید گاہ سے باہر ہوں۔ اور مجھے دشمن کے ہاتھ بِک جانے دے ——

اور اسی رات سب نے دیکھا! وہ کھلے میدان میں چت لیٹی تھی —— اور درد سے کراہ رہی تھی ——

اور دھرتی کا گولہ، گہرے پانیوں میں ایک ہلکے پھلکے بتاشے کی طرح ڈوب رہا تھا ——

اُس کی لاش

اب خشک اور زہریلے اندھیروں نے پورے شہر کو اپنی لپیٹ میں لے لیا ہے۔

رات کا اژدھا تیزی سے لمبی اور گہری سانسیں لے رہا ہے فصیل کی دیواریں کانپ رہی ہیں۔ لگتا ہے مرگ و حیات کی تمام قوتوں میں پھر وہی پرانی اور بے سبب کشمکش شروع ہو گئی ہے۔ شہر کے آخری کونے والے مکان کے ساتویں کمرے میں کوئی پھر سے بسر ہونے کیلئے جاگنے والا ہے۔ وہ چھوٹے کمرے میں چپ چاپ لحاف میں بند چارپائی پر بیٹھا ہے اور مسلسل ایک زنگ زدہ تالے میں کسی اور تالے کی چابی گھمائے جا رہا ہے۔ اس کی ماں کا حکم ہے کہ بچہ پیدا ہونے تک اسے یہی کرنا ہے۔ بڑھیا کو یقین ہے کہ وہ کے ایسا کرنے سے اس کی بہو کی تکلیف کم ہو گی اور بچہ آسانی سے باہر آئے گا۔

اچانک چھٹے کمرے کا چراغ ہوا کے ایک تیز جھونکے سے بجھ جاتا ہے۔ ساتویں کمرے سے بڑھیا کی آواز ابھرتی ہے۔ بیٹا ذرا اپنے کمرے والا چراغ ادھر لا دے —— گویا ساتویں کمرے میں بھی اندھیرا چھا گیا ہے۔ وہ لحاف پرے پھینک کر چارپائی سے اترتا ہے اور دھیرے دھیرے ہاتھ پاؤں سے راستہ ٹٹولتا ہوا اندھیرے دریا میں آگے بڑھتا ہے۔ اچانک دور کوئی زنجیر بجنے لگی ہے۔ کسی نے سات کمروں پار دروازے پر دستک دی ہے۔ گھر کے سب چراغ گُل ہو چکے ہیں۔ خشک اور زہریلے اندھیروں نے سارے مکان کو اپنی لپیٹ میں لے لیا ہے۔ زنجیر بار بار بج رہی ہے۔ ساتھ ساتھ کوئی دروازہ بھی دھپ دھپا رہا ہے۔ تو گویا دروازے پر ایک نہیں کئی آدمی ہیں۔ ایک سے زائد دو، تین، چار یا اس سے بھی زیادہ —— مگر آدھی رات میں اور ایسے دل ہلانے والے اندھیروں میں انہیں مجھ سے کیا کام ہو سکتا ہے؟

زنجیر بج رہی ہے۔

دروازے پر دھپ دھپ جاری ہے۔

اب کسی نے اس کا نام لے کر پکارا ہے۔

ارے یہ نام تو میرے بچپن کا ہے، صرف میری ماں مجھے اس نام سے بلاتی ہے —— یہ آدمی یقیناً میرا کوئی پرانا جاننے والا ہے۔ میرے بچپن کا دوست ہو سکتا ہے۔ ایک ایک کر کے کئی چہرے اس کی آنکھوں کے سامنے سے گزرنے لگتے ہیں۔

زنجیر مسلسل بج رہی ہے۔

کوئی مسلسل اسے پکار رہا ہے۔

آدھی رات گہرے اندھیرے اور سات کمروں پار کھڑے آدمی آخر کیا چاہتے ہیں؟ بڑھیا کی آواز پھر ابھرتی ہے — بیٹا — ادھر بڑا اندھیرا ہے، چراغ جلدی سے لا —

وہ اندھیرے میں ماچس تلاش کرتا ہے۔ بڑھیا بار بار پکار رہی ہے۔ زنجیر بار بار بج رہی ہے۔

اب میں کیا کروں؟

اب میں کیا کروں؟

باہر دروازہ زور زور سے پیٹا جا رہا ہے۔ یہ لوگ مجھ سے ملے بغیر واپس نہیں جائیں گے۔ نہ جانے اس وقت یہ لوگ کیا کرنے آئے ہیں اور مجھ سے کیا چاہتے ہیں؟ وہ دھیرے دھیرے ہاتھ پاؤں سے راستہ ٹٹولتا ہوا آگے بڑھ رہا ہے۔ ایک کے بعد ایک وہ سب کمروں کو پھلانگ آیا ہے۔ اب وہ حویلی میں کھڑا ہے۔ زمین سے آسمان تک مکمل اندھیرا ہے دروازے کے اس طرف کھڑے ہو کر اس نے سنا، چار مختلف آوازیں اس کے کانوں میں پڑی ہیں۔ گویا یہ لوگ تعداد میں چار ہیں لیکن زیادہ بھی ہو سکتے ہیں۔ ممکن ہے کچھ لوگ خاموش کھڑے ہوں۔ اس نے دھیرے سے آواز دی ہے۔ آپ لوگ کون ہیں۔

"ہم" — ایک آواز اندھیروں میں بجلی کی طرح کوندی ہے۔

"ہم کون ؟" وہ پھر پوچھتا ہے۔

"وہی —— جنھیں یہاں آنا تھا ——"

"کیوں آنا تھا —— ؟"

"سوال مت کرو، چپکے سے دروازہ کھول دو ——" آواز میں قدرے سختی ہے۔

کئی پرانے چہرے اس کی آنکھوں کے سامنے سے گزر گئے ہیں۔ سب آوازیں جانی پہچانی سی ہیں۔ مگر ان سے کوئی واضح صورت سامنے نہیں آتی۔ کون ہو سکتے ہیں یہ لوگ؟

اس نے دروازہ کھول دیا ہے، ہوا کا ایک تیز جھونکا اس سے الجھتا ہوا گزر گیا ہے۔ اندھیرے میں کوئی صورت نظر نہیں آتی۔ صرف آوازوں کا دھیما دھیما شور ہے۔ وہی چار مختلف آوازیں، پرانی اور جانی پہچانی —— بے ہیئت بے صورت آوازیں۔

"یہ لو—بوری کا منہ تھام لو"—کوئی کہتا ہے۔ پھر ٹارچ کی روشنی میں اسے ایک بوری نظر آتی ہے، جس کا منہ رسّی سے بندھا ہے۔

ایک آدمی سوال کرتا ہے۔

"کیا یہ اس شہر کا آخری مکان ہے ؟"

"ہاں —"

"اور اس وقت تم مکان کے پچھلے کمرے میں تھے ؟"

"ہاں"

"اور ساتھ والے کمرے میں تمہاری بیٹی کپڑے بدل رہی ہے ؟

"ہاں ـــــ لیکن۔" وہ حیران ہے ان لوگوں کو یہ سب کیسے معلوم ہوا؟

باہر کھڑے آدمی ایک دوسرے سے کہہ رہے ہیں۔" تو ہم صحیح جگہ پہ پہنچے ہیں۔ وہ غلط نہیں تھا۔"

وہ پوچھتا ہے: وہ کون؟

"جو اس بوری میں بند ہے۔" ٹارچ کی روشنی پھر بوری پر پڑتی ہے

"کون ہے اس میں؟" وہ گھبرا جاتا ہے۔

"لاش ـــــ" سب آدمی چلاتے ہیں۔" اس کی لاش!"

وہ گھبرا کر ایکدم پیچھے ہٹ جاتا ہے۔۔ جیسے کوئی پھنکارتا ہوا سانپ دیکھ لیا ہو۔

"کس کی لاش ہے یہ؟" وہ گھبرا کر پوچھتا ہے۔

"اس کی جس نے ہمیں سب بتایا تھا۔"

"کب بتایا تھا ـــ اور کیا ـــ؟"

"مرنے سے تھوڑی دیر قبل، اس آدمی نے ہمیں بتایا تھا کہ شہر کے آخری کونے میں اپنے مکان کے چھٹے کمرے میں جو شخص تمہیں ملے ـــــ میری لاش اس کے حوالے کر دینا ـــــ"

"لیکن یہ ہے کون ـــــ؟"

"یہ بات ہمیں معلوم نہیں ـــــ ہم تو صرف اتنا جانتے ہیں کہ یہ آدمی مرنے کے بعد اس شہر کے سات کمروں والے مکان میں جانا چاہتا

دا، یہ اس کی آخری خواہش تھی، جسے ہم نے پورا کر دیا ہے۔"

"لیکن میں اس لاش کا کیا کروں — ؟"

"یہ بات ہم کیا جانیں ——" اتنا کہہ کر وہ واپس مڑ گئے ہیں اور دھیرے دھیرے گلی کے اندھیروں میں بہہ گئے۔

"وہ ڈرتے ڈرتے آگے بڑھتا ہے۔ بوری کو سرے سے پکڑ کر زور لگا کر گھسیٹتا ہے۔ لاش بہت وزنی ہے۔ لگتا ہے کئی دن پرانی ہے۔ شاید میرا مکان تلاش کرتے ہوئے ان لوگوں کو کئی دن لگے ہیں۔ اب میں لاش کا کیا کروں؟ ماں ضرور غصہ ہوگی۔ گھر میں بچہ ہونے والا ہے اور حویلی میں یہ اجنبی لاش —— کیسا بُرا شگون ہے۔ نجانے اب کیا ہونے والا ہے۔ زمین سے آسمان تک اندھیرا چھایا ہوا ہے۔ گھر کی دیواریں جیسے کانپنے لگی ہیں۔ دھرتی کے نیچے ایک گہری، غیر مانوس اور ڈراونی آواز چلنے لگی ہے اور اب اُس کے تلووں کو چھوتی ہوئی نکل گئی ہے۔ وہ کانپنے لگا ہے جیسے بجلی کے ننگے اور زندہ تار پر پاؤں آگیا ہو۔

بوری کو گھسیٹ کر اس نے حویلی کے عین بیچ میں لا کر رکھ دیا ہے۔ ساتویں کمرے سے ماں کی آواز اب بھی اس تک پہنچ رہی ہے۔ وہ راستہ ٹٹولتا ہوا آگے بڑھنے لگتا ہے۔ اسے پھر چھ کمروں کو عبور کرنا ہے۔

لیکن یہ لاش — ؟

اسے اکیلا کیسے چھوڑ دوں ؟

لاش کو اکیلا چھوڑنا تو بُرا ہوتا ہے۔ آدمی کو روحوں کا شراپ

کھا جاتا ہے۔

روحوں کا سراپ۔۔

ایک گہری غیر مانوس اور ڈراونی آواز پھر دھرتی کے نیچے چلنے لگی ہے۔ گہرا اور زہریلا اندھیرا سارے شہر میں چھایا ہوا ہے۔ پورا شہر جیسے بلیک آرٹ کی زد میں ہے۔ وہ پریشان ہے۔ اب میں کیا کروں؟ نجانے کتنی رات باقی ہے؟ نجانے دن کب ہوگا—؟ اور ہوگا بھی یا نہیں، کون جانے؟ لگتا ہے اس رات کے بعد ایک۔ اور لمبی رات شروع ہونے والی ہے۔ ایک اور لمبی رات——

ماں نے پھر پکارا ہے——بیٹا! چراغ جلدی جلا——

بہو کی حالت ٹھیک نہیں۔

کیوں نہ لاش کے بندھن کھول دوں۔

وہ بوری کا منہ کھولتا ہے، لاش کو باہر نکالتا ہے۔ زہریلی سڑاند سے ساری حویلی لبالب بھر گئی۔ اس نے جلدی سے لاش کو زمین پر لٹا دیا ہے۔ تمام اعضا اکڑ گئے ہیں۔ لاش جس صورت میں——
بوری میں پڑی تھی بالکل اسی صورت میں باہر پڑی ہے لگتا ہے اب بھی بوری میں بند ہے۔

وہ اس کے ہاتھ پاؤں سیدھا کرنے کی کوشش کرتا ہے۔ مگر ناکام رہتا ہے۔ پھر دھیرے دھیرے چپ چاپ ساتویں کمرے کی جانب بڑھتا ہے۔

"ماں —" وہ پکارتا ہے۔

"ہاں بیٹا —" ماں کی آواز پر وہ آگے بڑھ رہا ہے۔

"بہو کیسی ہے ماں —"

"ٹھیک ہے۔ تم چراغ جلدی سے لاؤ۔ اندھیرا بہت گہرا ہے۔"

اب وہ ساتویں کمرے میں کھڑا ہے۔ جہاں اس کی بیوی کے کراہنے کی آوازیں اُبھر رہی ہیں۔

"ماں — میں آگیا ہوں —"

"تم اتنی دیر کہاں تھے —"

"باہر بیٹھا حویلی میں —؟"

"حویلی میں —؟ کیا کر رہے تھے وہاں؟" بڑھیا حیرت سے پوچھتی ہے۔ "کوئی آیا تھا؟"

"نہیں تو —" وہ جھوٹ بولتا ہے۔ کیا کسی کو آنا تھا —؟

"آں —" بڑھیا بڑبڑاتی ہے۔ "نہیں — کس کو آنا تھا؟ کون آئے گا اس وقت؟"

اچانک اس کی بیوی چیخنے لگتی ہے۔

"شاید وقت آپہنچا —" بڑھیا بڑبڑاتی ہے۔

دیواریں کانپ رہی ہیں۔ دھرتی کے نیچے کئی آرے ایک ساتھ چلنے لگی ہیں۔ بہو کی چیخیں کمرے میں پھڑپھڑانے لگی ہیں۔ سارا مکان زلزلے کی لپیٹ میں ہے۔ بڑھیا بار بار خدا کو یاد کر رہی ہے۔ اور وہ مسلسل ایک زنگ زدہ تالے میں چابی گھمائے جا رہا ہے۔

بہو ایک اونچی چیخ مار کر چپ ہو گئی ہے اور اب دھیرے دھیرے سسک رہی ہے۔ چھوٹی چھوٹی اور میٹھی سسکیوں کی موسیقی سارے کمرے میں خوشبو کی طرح پھیل گئی ہے۔ روشن دان سے صبح کی ہلکی کرنیں کمرے میں داخل ہو رہی ہیں۔ بڑھیا کا چہرہ خوشی سے کھل اٹھا ہے اور اس نے بڑھ کر اپنے لڑکے کو بدھائی دی ہے۔ اس نے جھک کر ماں کے پیروں کو چھُوا ہے۔

اور اب دھیرے دھیرے کمروں کو عبور کرتا ہوا حویلی کی طرف بڑھ رہا ہے جہاں اس کی لاش پڑی ہے۔

وہ سوچ رہا ہے۔ اب مجھے جلدی سے اس لاش کو حویلی میں دفنا دینا چاہیے۔

وہ پھاوڑا لے کر تیزی سے زمین کھود رہا ہے۔

دور ساتویں کمرے سے بچے کے رونے کی آواز رک رک کر اب بھی آ رہی ہے۔

■■

بانہوں کے گھیرے میں

اس راستے میں آگے جا کے دو دریا پڑیں گے ۔

میں جتنا دور جاؤں گا یہ راستہ تنگ ہوتا چلا جائے گا۔ یہاں تک کہ سامنے مجھے ایک ہلکی سی لکیر دکھائی دے گی: ٹیڑھی اور ترچھی۔

لیجئے اب درختوں کا سلسلہ ختم ہوا۔ اس سے آگے سبزہ نہیں ہے ــــ سامنے ایک پتلی سی سیاہ لکیر ہے اور اس کے دونوں جانب دریا ہیں : شانت اور گمبھیر۔

لکیر کے دائیں طرف دریا کا پانی سیاہ ہے جس میں اپنا چہرہ نہیں دیکھ سکتا۔ لکیر کے بائیں طرف کے دریا کا پانی نیلا ہے، ہلکا نیلا اس میں، اگر میں چاہوں تو اپنا چہرہ دیکھ سکتا ہوں: آسمان پر رکے ہوئے سپید بادلوں کی پرچھائیاں بھی دیکھ سکتا ہوں۔ اس دریا کا پانی بہت میٹھا ہے۔ لیکن صحت کے لئے مضر بھی۔ میرے آبا و اجداد اسی دریا کا پانی پیا کرتے تھے تبھی ان کا زوال ہوا اور وہ اپنے پیچھے مجھ ایسا زوال خوردہ انسان چھوڑ گئے

میں اس وقت تنہا ہوں ممکن ہے میرے پیچھے اور بھی چند لوگ چلے آرہے ہوں لیکن پیچھے اتنی دھند ہے کہ مجھے کچھ دکھائی نہیں دے رہا۔ کسی کے قدموں کی چاپ بھی مجھے سنائی نہیں دیتی کہ بہت پہلے ایک حادثے میں میں سننے کی قوت کھو بیٹھا تھا۔

درختوں کا سلسلہ ختم ہو چکا۔ دھند رفتہ رفتہ پھیل رہی ہے۔

میرے آگے پیچھے دائیں بائیں دھند ہی دھند ہے۔ اب مجھے کچھ دکھائی نہیں دے رہا ـــ نہ آگے جاتی ہوئی پتلی سی لکیر، نہ دائیں بائیں کے سیاہ اور نیلے پانیوں والے دریا

میرے اوپر، میرے نیچے، میرے دائیں، میرے بائیں، میرے آگے، میرے پیچھے دھند کی گدلی دیواریں کھڑی ہیں۔

جب میں گھر سے چلا تھا میں نے احتیاطاً گرم پتلون اور سوئٹر پہن لیا تھا۔ حالانکہ چلتے وقت کافی گرمی تھی لیکن پھر بھی احتیاطاً میں نے ایسا کیا تھا۔ سفر پر نکلتے وقت اس قسم کی احتیاط بہت ضروری ہے۔ اگر واقعی میں یونہی نکل آتا تو اس وقت میں خاصا پریشان ہوتا اور میری ساری توجہ موسم کی تبدیلی کی نذر ہو جاتی۔

شاید اب میں بہت دور نکل آیا ہوں۔ سڑک بہت تنگ ہو گئی ہے۔ اب میں ایک پیر اٹھا کر اسی جگہ دوسرا پیر رکھتا ہوا چل رہا ہوں اگر میں نے ذرا بھی غفلت برتی تو یقیناً میں دائیں یا بائیں گہرے پانیوں میں گر پڑوں گا مجھے اس وقت سخت پیاس لگی ہے۔ میرا حلق سوکھا جا رہا ہے

میرے پاؤں ٹوٹ چکے ہیں۔ اور پیاس بڑھتی جا رہی ہے۔ میں چاہتا ہوں ذرا سی دیر یہاں بیٹھ جاؤں اور چلّو بھر پانی حلق میں ڈال لوں اور تازہ دم ہو جاؤں لیکن میں یہاں بیٹھ نہیں سکتا۔ سڑک یہاں بہت تنگ ہو گئی ہے۔ صرف ایک پیر رکھنے کی جگہ ہے۔ آپ نے کسی تماشا گاہ میں رسّہ پر چلتے ہوئے مداری کو تو دیکھا ہی ہوگا بس میری حالت قریب وہی ہے۔ ذرا سا یوں ہوا نہیں کہ گرا نہیں ——

میرے حلق میں کوئی چیز چُبھ رہی ہے؛ بُرا ہوا مجھے چلتے وقت پانی ضرور پی لینا چاہیے تھا یا پھر تھرماس میں تھوڑی سی ہائی لینڈ چیف ہی ڈال لاتا۔ یہ تھکن اور پیاس اسی سے دور ہو سکتی تھی۔ پانی میرے دونوں طرف بہہ رہا ہے، بہت دھیمے دھیمے۔ بے آواز۔

میرے آبا و اجداد ٹھیک لکھ گئے ہیں کہ سفر پر نکلتے وقت ہر طرح کا ضروری سامان لے لینا ضروری ہے۔ کیا معلوم کب کس چیز کی ضرورت پڑ جائے۔ ہمارے بزرگ کتنے سمجھدار تھے پورے پلان کے ساتھ چلتے تھے۔ ہر طرح کی سہولت، ان باتوں پر پوری توجہ صرف کرتے تھے۔ بس ان سے ایک ہی غلطی سرزد ہوئی۔ انہوں نے نیلے پانیوں کو اپنی خوراک بنا ڈالا۔ وہ اگر چاہتے تو شروع ہی سے پانی سے گریز کرتے اور ہمیشہ پھل اور سبزیاں کھاتے اور ہوا کا رس پیتے —— مجھے حیرت ہے کہ یہ سب جانتے ہوئے بھی کہ پانی سے انکا زوال یقینی ہے کیسے اس بدترین شئے کو انہوں نے اپنی عادت میں شامل کر لیا . . .

میں اس سفر پر ہوا سے اپنا رشتہ قائم کرنے نکلا ہوں میرے بزرگوں کو ہوا راس نہیں آئی۔ ـــــ لیکن میں تو شروع ہی سے خود کو ہوا سے وابستہ کر چکا ہوں۔

سنا ہے دائیں طرف کا سیاہ پانی صحت کے لئے بہت مفید ہے۔ اس سے ہمیشہ توانائی کا عروج ہوا ہے۔ یہ بھی سنا ہے کہ چاند اسی سیاہ دریا کی کوکھ سے جنما تھا اور یہ بھی سورج نیلے پانیوں کا بیٹا ہے۔ اس بات میں یقیناً آپ کو بھی صداقت نظر آئے گی۔

ـــــ سورج کا زوال ہو چکا، لیکن چاند ـــــ چاند کا زوال نہیں ہوا ـــــ ہو ہی نہیں سکتا!

میرے آباؤ اجداد سورج کے بیٹے تھے اور اس بات پر انھیں فخر تھا۔ لیکن میں اس زوال خوردہ سورج سے وابستہ ہونا نہیں چاہتا: میں اس غلطی کو دُہرانا نہیں چاہتا جو میرے بزرگوں سے سرزد ہوئی اور جس کا خمیازہ میں آج تک بھگت رہا ہوں۔

لیجئے: دُھند دھیرے دھیرے چھٹنا شروع ہو چکی ہے۔
دائیں بائیں بہتے ہوئے پانی اب میری نگاہوں کے سامنے ہیں۔ میرے پاؤں کے نیچے کی زمین کافی چوڑی ہو گئی ہے۔ اب میں بڑے آرام سے چل سکتا ہوں۔

دائیں بائیں آگے پیچھے۔ دُور۔ دُور تک دیکھ بھی سکتا ہوں...
مُڑ بھی سکتا ہوں....

درختوں کا سلسلہ پھر شروع ہو گیا ہے۔
موٹے اور ٹھگنے درخت میرے ساتھ ساتھ چلنے لگے ہیں——۔
پانی میرے دونوں طرف بہہ رہا ہے: دھیمے دھیمے——
بے آواز۔
میں پیچھے مُڑ کر دیکھ رہا ہوں: دُور سے کوئی شخص آ رہا ہے
مجھے اس کا انتظار کرنا چاہیے: میں سامنے درخت سے پیٹھ ٹکا کر کھڑا ہو جاتا ہوں....
وہ بہت دُور سے میرے قریب آ رہا ہے....
لو —— اس نے ہاتھ ہلا کر مجھے اشارہ کیا...
اب وہ تیزی سے ادھر بڑھ رہا ہے....

میں بھی دھیرے دھیرے ہاتھ ہلاتا ہوا اس کی طرف بڑھ رہا ہوں۔

اب ہم ایک دوسرے کے سامنے کھڑے ہیں
تم کون ہو......؟
میں اس سے پوچھتا ہوں۔
میں.... میں...
وہ ہانپ رہا ہے۔
میں ہوا کا بیٹا ہوں....

... اور تم ———— ؟

وہ مجھ سے پوچھتا ہے۔

اب میں اسے کیا جواب دوں : میں سوچنے لگتا ہوں ...

اور عین اس وقت، ایک زبردست دھماکے کے ساتھ آسمان

پہ چمکتا ہوا سورج دو ٹکڑے ہو کر دائیں بائیں گہرے پانیوں میں گرتا ہے۔

اب میں اس کے کاندھے پر ہاتھ رکھے کہہ رہا ہوں :

میں نہیں جانتا بھائی! کہ میں کون ہوں۔ مجھے تو صرف اتنا

معلوم ہے کہ اس وقت سارا آکاش میری بانہوں کے گھیرے میں ہے۔

اور سورج کے زوال کا باعث میں ہوں ۔۔۔ صرف میں ....

ہوا پتوں میں سرسرا رہی ہے۔

ارے وہ سر جھکائے میرے ساتھ ساتھ چل رہا ہے ....

دوسرا آدمی

یخ اور ہولناک چاندنی میں سارا شہر بے سُدھ پڑا ہے۔
وہ اپنے مکان کی چھت پر کھڑے ہو کر چاروں طرف دیکھتا ہے۔ سردیوں کی اس رات میں تمام مکانوں کی چھتیں ویران پڑی ہیں۔ اس کے مکان کی چھت شہر میں سب سے اونچی ہے۔ ہر طرف دور دور تک جیسے صدیوں طویل چُپ مسلط ہے اور چاند کے ہولناک اجالوں میں سارے شہر پر گہرے اور لا نیلے سمندروں کا ہراس چھایا ہوا ہے۔
نیچے کمرے میں اپنے نوزائیدہ بیمار بچے کے شور سے تنگ آ کر وہ چھت پر چلا آیا ہے۔ آوازیں اسے پاگل کر دیتی ہیں —— چاہے، وہ گھر کی ہوں یا باہر کی۔ وہ چاہتا ہے ان سے دور بھاگ جائے۔ وہ مسلسل بھاگ رہا ہے۔ شہر کی ہر سڑک پر بھاگ رہا ہے۔ باہر کا شور اسے گھر بھگا لاتا ہے اور گھر کے شور سے اُوب کر قدم سے پھلانگتا ہوا وہ اکثر چھت

پھر چلا آتا ہے۔ رات اندھیری ہو یا اُجلی، یہاں آکر نہ جانے کیوں بھیانک خاموشی اسے اچھی لگتی ہے۔

وشال.... ل.... ل....

.. شش ش ش ا... ا.... ا.... ل.... ل.... ل

شا.... ا.... ا.... ل.... وش... ا.... ... ل.... ل

اچانک اس کا نام فضا میں گونجتا ہے۔ جیسے کہیں دور سے، کسی نے اسے آواز دی ہے۔ وہ چاروں طرف نظر دوڑاتا ہے۔ اس کی آنکھوں تلے ہر طرف دور دور تک، نئے پرانے مکانوں کی چھتیں ویران پڑی ہیں۔ یخ اور ہولناک چاندنی میں سارا شہر بے سُدھ پڑا سو رہا ہے۔

وشال.... وش... ...ل... ل... وش

ا....

بار بار اسے لگتا ہے جیسے رُک رُک کر کوئی اس کا نام لے کر آواز دے رہا ہے مگر کہیں کوئی نہیں ہے۔ شاید ان بے آواز لمحوں میں اس کا وہم ہی اس کا نام بن گیا ہے۔ اور سرد اور نوکیلی ہواؤں سے بار بار الجھ رہا ہے۔ وہ بے چین ہو گیا ہے۔ جیسے کوئی ہزار پایہ اس کی کھوپڑی میں سے گزرتا ہوا اس کے سینے میں ریشہ ریشہ پھیل رہا ہو

مجھے کیا ہو گیا ہے؟ — آخر میں اس طرح کیوں زہر میں ڈوب رہا ہوں؟ — میرا وہم آخر مجھے کیوں جینے نہیں دیتا —؟

وشال!

وشال!! کیا تم واقعی مرنا چاہتے ہو؟

وہ دھیرے دھیرے چلتا ہوا زینے تک آ گیا ہے اور اب قدم بہ قدم نیچے اتر رہا ہے اور اس کے آگے آگے رینگتا ہوا اس کا سایہ آخری قدمچہ عبور کر کے کمرے میں داخل ہو رہا ہے، اس کی تھکی ٹوٹی بیوی اب سو گئی ہے اور بیمار بچہ پستان کا نپّل مسوڑوں میں دبائے چپڑ چپڑ کر رہا ہے۔

دُور دروازے پر کسی نے دستک دی۔ وہ تیزی سے مڑا ہے حویلی کو پار کرتا، باتھ روم، یورینل، لیٹرن، سب کو چھوڑتا ہوا وہ آگے بڑھ رہا ہے اور اب اس نے جلدی سے دروازہ کھول دیا ہے۔ باہر ایک جانی پہچانی صورت:

ارے رجنی دت تم؟

رجنی دت کے منہ سے ایک ہلکی سی ڈراؤنی چیخ نکلی ہے۔ اور وہ گھبرا کر سامنے دیوار سے جا لگا ہے۔ وہ ہانپ رہا ہے جیسے میلوں سے بھاگتا ہوا آیا ہو۔

کیا بات ہے رجنی دت! تم ایسے گھبرائے ہوئے کیوں ہو۔
اور پھر ایسی سرد رات میں یہاں ـــــ
گاؤں سے آ رہے ہو کیا ـــــ؟

رجنی دت پھٹی پھٹی آنکھوں سے اُسے دیکھے جا رہا ہے۔ اس کے ماتھے پر پسینے کی بوندیں چمک رہی ہیں۔ دیوار سے پیٹھ لگائے وہ چُپ کھڑا ہے۔

رجنی درت ——!

رجنی——!!

رج...ج...ج...ن...ن...ی...ی...

وشال کی چیخ سے رجنی درت چونکتا ہے۔

مجھے ذرا ہوش میں آنے دو—— رجنی درت جیسے خود کو سنبھال رہا ہے۔ اس نے ہتھیلی سے ماتھے کا پسینہ پونچھا ہے۔

کیسی عجیب بات ہے وشال! اگر تم—— تم ہو—— تو وہ کون ہے، جو ہمارے گانو میں پیپل کے نیچے پڑا اپنی زندگی کی آخری سانسیں لے رہا ہے۔ میں اسے ابھی ابھی دیکھ کر آ رہا ہوں۔ وشال! —— وہ ہوبہو تم تھے۔ کوئی یقین نہیں کر سکتا وشال! کوئی یقین نہیں کر سکتا—— میں نے ابھی تھوڑی دیر پہلے تمہیں گانو میں پیپل کے نیچے پڑا دیکھا ہے۔

رجنی درت کپکپا رہا ہے، نجانے خوف سے یا سردی سے۔

کچھ دیر پہلے اس نے وشال کو یہاں سے بارہ میل دور—— گانو میں پیپل کے نیچے آخری سانسیں لیتے دیکھا ہے۔ وہ یقیناً وشال ہے کوئی اور کیسے ہو سکتا ہے—— کیا وہ اپنے بچپن کے دوست کو پہچانتا نہیں۔ آنکھیں، ناک، ماتھا، ہاتھ، پاؤں—— سب کچھ ویسا ہی۔ اس نے اچھی طرح دیکھا ہے۔ وہ وشال کے سوا کوئی نہیں ہو سکتا۔ اس کی آنکھیں دھوکا نہیں کھا سکتیں۔ پیپل کے تلے مرتا ہوا آدمی یقیناً

وشال تھا ـــــ اور اگر وہ وشال تھا تو یہ ـــــ جو میرے سامنے کھڑا ہے

ـــــ زندہ اور تندرست ـــــ

وشال مسکرا رہا ہے۔

رجنی دت! تم نے ضرور کوئی خواب دیکھا ہے ـــــ آؤ اندر چلو ـــــ

مگر رجنی دت دیوار سے پیٹھ لگائے چپ کھڑا ہے۔ اس کی آنکھیں بدستور وشال پر ٹکی ہیں۔

کیا تمھیں مجھ پر وشواس نہیں؟ ـــــ میں سچ کہتا ہوں وشال کہ تھوڑی دیر پہلے جس شخص کو میں نے پیپل تلے مرتے دیکھا ہے، وہ تم ہو۔ ـــــ ایک سرد لہر وشال کے تلوؤں کو چیرتی ہوئی اس کے بدن میں بکھر گئی ہے۔ چاند کے اجالے زیادہ یخ اور ہولناک ہو گئے ہیں اور فضا پر گہرے اور لا نبے سمندروں کا ہراس چھا گیا ہے۔

دونوں چپ چاپ خود سے ڈرے ہوئے ایک دوسرے کو دیکھ رہے ہیں۔

اگر یہ وشال ہے تو وہ کون تھا ـــــ

اگر وہ وشال تھا تو یہ کون ہے ـــــ

اگر دونوں وشال ہیں ـــــ تو

کوئی میرا ہم شکل کیسے ہو سکتا ہے ـــــ

اگر ایسا ہے تو کیا ہوگا ـــــ

کیا ہم ایک دوسرے کا سامنا کر سکیں گے۔ ۔ ۔

دونوں چپ چاپ، خود سے ڈرے ہوئے ایک دوسرے کو دیکھ رہے ہیں۔

اچانک وشال کی آواز خاموش اجالوں میں بکھرتی ہے۔

رجنی دت! مجھے اس شخص کے پاس لے چلو، میں اسے دیکھنا چاہتا ہوں۔

آں ——

رجنی دت چونکتا ہے —— ہاں، چلو ——

اندر کمرے میں وشال کی بیوی بدستور سو رہی ہے اور اس کا بیمار بچہ پستان کا نپل مسوڑھوں میں دبائے اب بھی چپڑ چپڑ کر رہا ہے۔

باہر یخ چاندنی میں سرد ہوا سائیں سائیں کر رہی ہے....

وشال سائیکل کے ڈنڈے پر چپ چاپ بیٹھا ہے اور رجنی دت جلدی جلدی پاگلوں کی طرح بے شدھ پیڈل گھما رہا ہے۔

اگر وہ وشال تھا تو یہ کون ہے ——

ہوا کے تیز نوکیلے اور سرد جھونکے سڑک کے درختوں سے الجھ رہے ہیں۔

رجنی دت جلدی جلدی پیڈل گھما رہا ہے۔

اگر وہ واقعی میرا ہم شکل ہوا تو ——

تو کیا ہوگا ——

چاند کے سرد اجالوں کا ہراس ہر شے پر مسلط ہے۔

اور وشال کا سایہ سائیکل کے اگلے پہیے کے تاروں میں تیزی سے چکر کھا رہا ہے۔

پیپل کے آس پاس لوگوں کی بھیڑ لگی ہے۔ چاند کے اجالے اب مٹیالے ہو رہے ہیں کہ دن نکلنے ہی والا ہے۔ وشال اور رجنی دت بھیڑ کو چیرتے ہوئے تیزی سے آگے بڑھ رہے ہیں۔ مٹیالے اجالوں میں لوگوں نے شاید وشال کا چہرہ اچھی طرح نہیں دیکھا۔ رجنی دت سے کوئی کہہ رہا ہے: بس ابھی ابھی آخری ہچکی لی ہے بچارے نے۔ مرنا نہیں چاہتا تھا۔ کہہ رہا تھا: بہت دور سے چل کر آیا ہوں ——

وشال حیران نظروں سے مرے ہوئے آدمی کو دیکھ رہا ہے۔ ایک تیز سرد لہر اس کے تلوؤں کو چیرتی ہوئی اس کے دماغ میں بکھر گئی ہے۔

یہ کیسے ہو سکتا ہے۔

یہ تو ہو بہو میں ہوں ——

کوئی رجنی دت سے کہہ رہا ہے: مرتے وقت کہہ رہا تھا کہ۔ میرا اس سے ملنا بہت ضروری ہے —— میں اس سے ملے بغیر نہیں مرنا چاہتا۔

کس سے ملنا چاہتا تھا؟ —— وشال گھبراہٹ میں پوچھتا ہے۔

کوئی نام لے رہا تھا —— کوئی عجیب سا نام ...

ایک آواز آتی ہے : کہہ رہا تھا یہاں سے کچھ دور ایک شخص
رہتا ہے اسی سے ملنا ہے ـــــ شاید وشال نام لیا تھا ـــــ
ہوا کا تیز، سرد اور نوکیلا جھونکا پیپل کے گنجان پتّوں سے
گزرتا ہوا نکل گیا ہے۔

نہ جانے کون تھا ـــــ
اور مجھ سے کیا کہنا چاہتا تھا ـــــ
وشال !
وشال !! آخر تم کیا کہنا چاہتے تھے مجھ سے ؟

رات سے گھر تک

ندی کا پانی تیزی کے ساتھ کنارے کنارے گدلا جھاگ بچھاتا ہوا دائیں طرف بہہ رہا ہے اور وہ بانسوں کے پرانے پل پر سر جھکائے کھڑا ہے۔ چپلا سی تیزی کے ساتھ بائیں طرف دوڑ رہا ہے۔ سامنے کنارے پر گہرے، گھنے اور نم نیلگوں جنگل ہیں جن میں چھپے پرندوں کے شور سے ایک عجیب سی مہک ہے جو سارے جنگل میں گونج رہی ہے۔ وہ ہوٹل سے بہت دور نکل آیا ہے۔ شام اپنے سانولے قدموں سے قدم بہ قدم آکاش سے نیچے اتر رہی ہے۔ کیلاش اب بھی اس کے ساتھ ہے۔ اس کے نتھنوں کی گرم لو کو وہ اب بھی اپنے گالوں پر محسوس کر رہا ہے۔ وہ اب بھی اس کے بال نوچتی اس کے وحشی بازوؤں کے حصار سے نکلنے کی کوشش کر رہی ہے۔

— راکھشس! چھوڑ دو مجھے

—— آئی لو یو کیلاش —— آئی لو یو——

—— چھوڑ دو مجھے —— جانے دو—— آئی ہیٹ یو——

وہ پیٹی کوٹ سنبھالتی پلنگ سے نیچے اتر گئی ہے اور سامنے کونے میں کھڑی بریزمیر کے ہک لگا رہی ہے۔

—— آئی ہیٹ یو—— آئی ہیٹ یو—— آئی ہیٹ یو——

گہرے، گھنے اور نم نیلگوں جنگلوں میں چھپے پرند شور کر رہے ہیں اور پُل پر سے چلتے تیزی کے ساتھ بائیں طرف دوڑ رہا ہے۔

وہ آج دو بجے دوپہر مسوری پہنچ گیا تھا۔ کیلاش اس کے ساتھ تھی۔ دونوں دِلّی میں رہتے ہیں اور ایک ہی فرم میں کام کرتے ہیں۔ وہ دونوں ایک دوسرے کی جانب ایک برس پہلے متوجہ ہوئے تھے اور دفتر کے باہر ایک ساتھ دیکھے جاتے تھے۔ کیلاش کو معلوم نہیں تھا کہ وہ شادی شدہ ہے اور اس کے بچے بھی ہیں۔ شاید اس کی صورت سے یہ ظاہر بھی نہیں ہوتا تھا کہ کیلاش نے من ہی من میں یہ سوچ لیا تھا کہ وہ اس سے شادی کر لے گی۔ ایسا آدرشی پتی کہاں سے ملے گا۔ ایسا نیک، ایسا سوشیل اور ایسا عشق کرنے والا۔ شاید اسے ایسے ہی جیون ساتھی کی تلاش تھی جو اسے بھرپور چاہے، اسے گھمائے پھرائے اس سے بے تکان باتیں کرے۔ فلمی ہیرو کی طرح۔ جب اس نے کیلاش کے ہونٹوں پر پہلی بار کس کیا تو اس کی آنکھیں خود بخود مُند گئیں اور وہ کسی انجان جزیرے کی فضاؤں میں ڈوب گئی——

پھر یہ سلسلہ دور تک چلا گیا۔

ہر سنڈے پکنک، فلم، ریستوران، اسکوٹر، شہر کی لمبی ویران سڑکیں

—— ایک دن اچانک جب کیلاش کو پتہ چلا کہ اسوتوش شادی شدہ ہے تو وہ حیران رہ گئی —— اتنا بڑا جھوٹ ——

آخر تم نے مجھ سے چھپایا کیوں ؟ وہ بھبھک اٹھی۔

اشوتوش خاصا ہوشیار تھا قہقہہ مار کر ہنس دیا اور اپنی گھبراہٹ کو فوراً ہنسی میں لپیٹ لیا—— میرا خیال ہے تم نے مجھ سے یہ کبھی نہیں پوچھا کہ میں میرڈ ہوں یا اَن میرڈ۔

—— اگر نہیں پوچھا تب بھی۔ کیلاش کی آنکھیں سچ مچ بھر آئیں۔

—— تب بھی تمہیں چاہیے تھا تم بتا دیتے —— سب بتا دیتے۔

—— آخر یہ کیوں ضروری تھا —— ؟ میں نے تم سے کبھی پوچھا کہ تم میرڈ ہو یا ان میرڈ —— ؟

—— تم جانتے تھے ——

—— اس سے کیا فرق پڑتا ہے —— میرے میرڈ ہونے میں اور تمہارے ان میرڈ ہونے میں، تمہارے میرڈ ہونے میں اور میرے ان میرڈ ہونے میں ——

کیسے نہیں پڑتا —— آخر میرے رشتہ دار یہ جان لیں کہ میں ایک میرڈ آدمی کے ساتھ گھومتی ہوں تو میرا کیا ہوگا ——

—— لیکن میں تم سے محبت کرتا ہوں کیلاش ——

—— ہاں —— مگر شادی نہیں کر سکتے ——

—— کر سکتا ہوں —— شاید —— اشوتوش کچھ سوچنے لگا ——

شاید کر سکتا ہوں ——

—— لیکن میں نہیں کر سکتی ——

—— کیا ہم دوست بھی نہیں ہو سکتے ؟ دو اچھے دوست ——

—— کون اس کا یقین کرے گا —— بتاؤ ؟

—— تم اس طرح کیوں سوچتی ہو ؟ سچ جانو میں نے کسی بھی لمحہ تمہیں ٹھگا نہیں —— تمہیں جی جان سے چاہا ہے —— تم چاہے مجھ سے اب نفرت کرو لیکن تمہارے ساتھ گذرا ہوا پچھلا ایک برس میں اپنی زندگی سے کیسے نکال کر پھینک دوں ؟ کیا تم ایسا کر سکتی ہو ؟ کیا پچھلے ہر لمحے کو اپنے جسم سے کاٹ کر کسی اندھے کنوئیں میں ڈال سکتی ہو —— کیا یہ ضروری ہے کہ جسے چاہا جائے اس سے شادی کی جائے —— کیا ہر محبت کا انجام شادی ہے ؟ بیوی سے محبت ایک مجبوری ہو سکتی ہے۔ ایک سماجی مجبوری —— لیکن تم سے محبت مجبوری نہیں —— شاید میری کمزوری ہے —— مگر تم یہ نہ سوچنا کہ مجھے اپنی بیوی سے کوئی لگاؤ نہیں —— وہ مجھ سے بہت خوش ہے اسے مجھ سے کوئی شکایت نہیں —— میں نے اسے کبھی ایسا موقع نہیں دیا —— لیکن اس کے ساتھ ساتھ میں محسوس کرتا ہوں کہ میں تمہارے بغیر رہ نہیں سکوں گا ——

کیلاش شاید اشوتوش کی سچائی پر ایمان لے آئی۔ دونوں میں یہ طے پا گیا کہ وہ دوست بن کر بھی رہ سکتے ہیں —— دو اچھے دوست بن کر —— ملاقاتوں کا سلسلہ پھر شروع ہو گیا —— اگرچہ اشوتوش نے بار بار محسوس

کیا کہ اس میں وہ پہلے جیسی گرمی نہیں ہے ــــ وہ اب بھی اس سے روز شام کو ملتی تھی ــــ دیر تک ساتھ دیتی تھی ــــ لیکن وہ جوش و خروش نہیں تھا۔ کِس وہ اب بھی اسے کرتا تھا ــــ وہ اس سے لپٹ بھی جاتی تھی ــــ گھنٹوں اکیلے میں لیٹی رہتی تھی۔ پھر بھی اشوتوش کو لگتا ہے جیسے یہ سب بناوٹی ہے، شاید یہ پچھلے ایک برس کی محبت کا سود ہے جو اسے مجبوراً ادا کرنا پڑ رہا ہے۔ اس نے اشوتوش سے ایک بار پوچھا بھی تھا ــــ کیا اس سب کے لیے تمہارا اپنی مسز سے پیٹ نہیں بھرتا۔

سن کر اشوتوش نے بازو ڈھیلے چھوڑ دیئے تھے اور کیلاش اس کی آغوش سے نکل کر اپنا بلاؤز درست کرتی مسکرا دی تھی۔

ــــ تمہیں ایسا نہیں کہنا چاہیئے تھا ــــ کیوں ؟

ــــ تم میری دوست ہو ــــ تم سے میرا ایک رشتہ ہے۔

ــــ کیا دوستی میں یہ سب بھی ضروری ہے ؟

ــــ دوستی ہی میں نہیں بلکہ زندگی میں بھی سیکس ضروری ہے اور کیلاش ہنس دی تھی گویا طنز کر رہی ہو۔

ــــ شاید تمہارے اندر عورت نہیں ہے۔

ــــ تو کیا ہے ؟

ــــ اگر ہے بھی تو تم نے اسے اپنے جسم کی قبر میں گاڑ دیا ہے اور کیلاش ہنس دی تھی گویا طنز کر رہی ہو۔

شام اپنے سانولے سلونے قدموں سے قدم بہ قدم آکاش سے نیچے

اتر آئی ہے۔ اور گہرے گھنے نم جنگلوں میں بکھر گئی ہے۔

اشوتوش کچھ دیر پہلے ہوٹل میں تھا، کیلاش کے ساتھ۔ وہ دونوں دوپہر دو بجے مسوری پہونچے تھے۔ اشوتوش شاید کیلاش کے جسم کی قبر کھود کر اس میں دبی عورت کو باہر نکال لینے یہاں آیا تھا۔ لنچ کے بعد وہ دونوں ایک ہی پلنگ پر لیٹ گئے۔ اشوتوش نے اس کے بلاوز کے ہُک کھولے تو وہ سردی میں سمٹتی چپ پڑی رہی۔ وہ اس سے لپٹ گیا اور اس پر بوسوں کی بوچھار کر دی۔ ـــــ وہ ہلکے ہلکے سسک رہی تھی اور اشوتوش اس میں کھبا جا رہا تھا شاید وہ اسے جتا دینا چاہتا تھا کہ وہ ایک عورت ہے ایک زندہ گرم سلگتی ہوئی عورت ـــــ کھڑکی سے جھل جھل ہوا آ رہی تھی اور اشوتوش جل رہا تھا۔ کہیں دور بیابانوں میں کوئی ننگے پیر چلتا ہوا زمین کا آدمی سرا چھو لینا چاہتا تھا۔ سامنے میز پر کیلاش کی ساڑھی کا انبار پڑا تھا ـــــ پلنگ تلے اس کا میلا مسلا بلاوز ـــــ

ـــــ آئی لو یو کیلاش ـــــ آئی لو یو ـــــ

جیسے دور جنگلوں میں کوئی گا رہا تھا، ہلکی میٹھی اداس پرسوز آواز میں،

ـــــ ہٹو ـــــ چھوڑو مجھے ـــــ

ـــــ آئی لو یو ـــــ

ـــــ تو کیا تم ـــــ اس لیے یہاں لائے تھے مجھے؟

کھڑکی سے جھل جھل ہوا آ رہی تھی اور اشوتوش چپ چل رہا تھا ـــــ

ـــــ بولو ـــــ جواب دو ـــــ

ـــــ ہاں ـــــ آئی لو یو ـــــ

اشوتوش نے اسے اور کس لیا

—— بہت نیک بنتے تھے —— راکھشس...

وہ بیٹی کوٹ سنبھالتی پلنگ سے نیچے اتر گئی۔

—— آئی ہیٹ یُو —— آئی ہیٹ یُو —— آئی ہیٹ یُو ——

گہرے گھنے اور نم جنگلوں میں چھپے پرند شور کر رہے ہیں۔ اشوتوش بانسوں کے پل پر سر جھکائے خاموش کھڑا ہے اور بے چلے تیزی کے ساتھ پانی کے بہاؤ کے الٹ دوڑ رہا ہے۔ دور ہوٹل کا نیون سائن سرخ رنگ میں چمچمانے لگا ہے۔ وہ تھکے قدموں سے پگڈنڈی پگڈنڈی، اندھیرے میں راستہ ٹٹولتا ہوا آگے بڑھ رہا ہے اور سوچ رہا ہے:

شاید کیلاش اب تک ہوٹل چھوڑ کر جا چکی ہوگی۔

سینتیس برس پرانا آدمی

اس نے اپنی چھڑی سے پھر میرا دروازہ کھٹکھٹایا ہے۔ میں اٹھ کر دروازے تک آگیا ہوں۔ پردہ ہٹا کر شیشے میں سے باہر دیکھتا ہوں۔ وہی ہے ہاتھ میں چھڑی لئے اداس اور نراش مٹی مٹی چہرہ، اجاڑ بال اور چھوٹی چھوٹی نم آنکھیں چھڑی کے ہتھے کو دروازے کے کاٹھ والے حصے پر اس نے پھر تین بار ہلکے ہلکے مارا ہے۔ میں نے دھیرے سے دروازہ کھول دیا ہے۔

—— کیا ہے؟

—— چلو ——

—— کہاں؟

—— تم کپڑے بدل کر باہر آؤ اور میرے ساتھ چل دو۔

—— لیکن کیوں؟

—— تمہارے اس سوال کا جواب میرے پاس نہیں ہے۔ میں

جو کہتا ہوں وہی کرو —— اور کپڑے بدل کر چل دو —— اسی میں تمہاری بھلائی ہے۔ مجھے پھر غصّہ آجاتا ہے: "جاؤ راستہ لو اپنا، میرے پاس بیکار باتوں کا وقت نہیں" اور پھر ایک تیز کھٹ کے ساتھ میں دروازہ بند کر دیتا ہوں۔

عجیب آدمی ہے گذشتہ کئی برسوں سے میرے پیچھے پڑا ہے ایک مرتبہ روز بلا ناغہ میرے پاس آتا ہے، اسی طرح چھڑی سے دروازہ کھٹکھٹاتا ہے۔ لاکھ نہ چاہنے پر بھی میں دروازہ کھول دیتا ہوں۔ اس کا ایک ہی سوال ہے: میرے ساتھ چلو —— کہاں؟ یہ اس نے کبھی نہیں بتایا۔ روز مجھے اس پر غصّہ آتا ہے۔ لیکن روز جب تین بار دروازہ کھٹکتا ہے تو مجھ سے رہا نہیں جاتا۔ نجانے کیوں اسے دیکھنے کی اچھّا میرے من میں جاگ جاتی ہے پہلے تو سوچتا ہوں اسے گالی دے کر بھگا دوں گا یا اسی کی چھڑی کے ہتھّے سے اس کی شاندار پٹائی کر دوں گا —— اس کے آتے ہی نہ جانے کیا ہو جاتا ہے مجھے؟ کبھی کبھی تو —— سچ کہتا ہوں —— جی میں آتا ہے اس کے ساتھ ساتھ چل دوں۔ دیکھوں تو آخر کہاں لے جاتا ہے —— ممکن ہے وہ سچ کہتا ہو، اسی میں میری کوئی بھلائی ہو۔ لیکن ہمیشہ وہ اپنا پرانا سوال لے کر نمودار ہوتا ہے اور ہمیشہ میں پرانا جواب دہرا دیتا ہوں۔ قدرے غصّے کے ساتھ۔ ایک بات اور بھی کہہ دوں، اس سے جھگڑتے مجھے ڈر لگتا ہے واقعی یہ مجھ سے نہیں ہو سکتا۔ اب چاہے کوئی مجھے بزدل ہی کیوں نہ کہے لیکن یہ ہے سچ۔

دروازہ میں نے بند کر دیا ہے۔ ایک آدھ منٹ رک کر پردہ ذرا کی ذرا سرکاتا ہوں۔ وہ چھڑی بغل میں دابے دھیرے دھیرے سر جھکائے

جا رہا ہے۔ دور تک جاتی تارکول کی لمبی اور ویران سڑک پر ایک وہی اکیلا آدمی ہے جو سر جھکائے دھیرے دھیرے جا رہا ہے۔ میرے گھر کے دروازے سے دور ـــــ نہ جانے کہاں؟ شاید وہاں جہاں وہ مجھے لے جانا چاہتا ہے آخر کہاں لے جانا چاہتا ہوگا؟ شہر کے کس کونے میں؟ کیا اس شہر کے بھی باہر ـــــ کہیں اور ـــــ لیکن کہاں اور کیوں؟ وہ اکیلا کیوں نہیں جاتا؟ کیا میرا اس کے ساتھ جانا ضروری ہے؟

کتنے ہی ایسے وچار کرتے ہیں۔ پھر اپنے کاموں میں ایسا اُلجھ جاتا ہوں کہ کسی بات کا دھیان نہیں رہتا۔ ہاں اکثر رات کو سوتے سوتے چونک کر اُٹھ بیٹھتا ہوں۔ ایسا لگتا ہے میرے کمرے کی دیواریں دور ہٹتی جا رہی ہیں۔ تیزی کے ساتھ جیسے فلم چلتی ہے۔ چھت اوپر ہی اوپر اڑتی جاتی ہے اور زمین گویا لفٹ کی طرح پوری رفتار سے منزل در منزل نیچے اترنے لگتی ہے اور تب یوں محسوس ہوتا ہے جیسے صدیوں سے یونہی کسی لفٹ میں نیچے اُتر رہا ہوں ـــــ ایک ایسی لفٹ میں، جس کا کوئی گراؤنڈ فلور نہیں۔

خوف سے سینہ گھٹنے لگتا ہے۔ مر جاؤں گا ابھی ـــــ بس دو چار سانسوں ہی میں دم نکل جائے گا کسی کو کانوں کان خبر بھی نہ ہوگی۔ ـــــ اتنے بڑے اور اتنے ہولناک پھیلاؤ میں خود کو سمیٹنے کی کوشش کرتا ہوں آئینے کے سامنے کھڑے ہو کر اپنا چہرہ دیکھتا ہوں۔

ـــــ کیوں ـــــ کیا ہوا؟

خود سے سوال کرتا ہوں۔ آنکھوں میں آنکھیں کھبو کر کچھ جاننے لگتا ہوں۔ کیسی عجیب سی لگتی ہے اپنی صورت — لگتا ہے کسی اور کو دیکھ رہا ہوں، کسی اجنبی کو جو مجھے اور بھی خوف زدہ کر دیتا ہے۔ گھبرا کر دروازہ کھول دیتا ہوں اور باہر سڑک پر نکل آتا ہوں —

دور تک رینگتی تارکول کی لمبی سڑک ہے اور اپنے گھر کے دروازے کے باہر ایک سرے کھڑا ہوا میں ہوں۔

اپنے گھر کے دروازے کے باہر ایک سرے پر کھڑا ہوا میں ہوں دور تک رینگتی تارکول کی لمبی سڑک ہے

اور ان دو کے بیچ میری بصارت ہے۔

پھر اچانک میں دیکھتا ہوں سامنے دور — بہت دور سے کوئی آ رہا ہے۔ بغل میں چھڑی دابے وہی جانا پہچانا، اُداس اور نراش، مٹی مٹی چہرہ اور میں ڈر کر گھر کے اندر بھاگتا ہوں اور کھٹ کے ساتھ دروازہ بند کر لیتا ہوں۔

کھٹ — کھٹ — کھٹ — تین بار دروازے کے کاٹھ والے حصے پر چھڑی کا ہتھہ ہلکے ہلکے پڑتا ہے۔ میں دوڑ کر دروازہ کھول دیتا ہوں۔ مگر باہر کوئی نہیں ہوتا — سڑک کے اِس سرے سے اُس سرے تک میری آنکھیں بھٹکنے لگتی ہیں۔

سڑک کا یہ سرا ہے اور وہ دوسرا سرا ہے۔

اور ان دونوں کے بیچ میری بصارت ہے۔

ساتوں رشی میری آنکھوں میں گھس کر سسکنے لگتے ہیں۔ شاید کوئی مرگیا ہے ـــــ ڈھیر سے ڈھیر سے ماتم کرنے والوں کی آواز تیز ہوتی جاتی ہے ـــــ بہت سے مل کر چھاتیاں پیٹنے لگتے ہیں ـــــ بہت سے مل کر چلانے لگتے ہیں، خوفناک آوازوں میں۔ صاف لگتا ہے کوئی مرگیا ہے ـــــ

میں پھر دروازہ بند کرکے کمرے میں آجاتا ہوں۔ آئینہ میرے روبرو ہے۔ میں میں کے روبرو ہے اور ان دو کے بیچ بصارت ہے: میں کی اور میں کی۔

اب میں نے سوچ لیا ہے وہ آئے گا تو میں اس سے صاف صاف کہہ دوں گا کہ وہ آئندہ ادھر نہ آیا کرے اگر وہ تب بھی باز نہ آیا تو اس کی شاندار پٹائی کروں گا یہاں تک کہ اسی کی چھڑی سے اس کا دماغ پھاڑ ڈالوں گا۔ جیسے بچے ننھی منی ٹہنیوں سے دریا کا سینہ پھاڑ ڈالتے ہیں۔ اب میں نے سوچ لیا ہے۔ وہ اگر باز نہ آیا تو زندہ نہیں بچے گا۔

کمرے میں ایک نظر ڈالتا ہوں، بیوی بچے سب سو رہے ہیں۔ ان کو کیا معلوم کہ میں اب تک جاگ رہا ہوں ـــــ کیوں جاگ رہا ہوں؟ سوچتا ہوں بیوی کو جگا دوں اور اس سے کہوں ـــــ کیا کہوں اس سے؟ میں اس سے یہ کہوں کہ میں نے ایک ساتھ بہت سوں کو مرتے دیکھا ہے۔ اگر میں اس سے یہ کہوں کہ میں نے ایک ساتھ بہت سوں کو ماتم کرتے دیکھا ہے اگر میں اس سے یہ کہوں کہ میں نے ایک ساتھ بہت سوں کو خوفناک آوازوں میں چلاتے دیکھا ہے تو کیا وہ میرا یقین کرے گی؟ اگر میں اس سے یہ کہوں کہ سات رشی میری آنکھوں میں گھس کر سسک رہے ہیں تو کیا وہ مجھ

پر ایمان لے آئے گی؟ اگر میں یہ کہوں کہ ایک طرف میں ہے اور دوسری طرف میں ہے اور ان دونوں کے بیچ بصارت ہے تو کیا میرے بچے مجھ پر ایمان لے آئیں گے؟

کمرے میں سب سو رہے ہیں۔ اب ان کو کون بتائے کہ میں کیوں جاگ رہا ہوں۔ غسل خانے کے نل سے بوند بوند پانی نیچے فرش پر گر گر کر آواز کر رہا ہے۔ رات ابھی باقی ہے کہ ماتم جاری ہے۔ بہت سے مل کر اب بھی شاید چھاتیاں پیٹ رہے ہیں۔ میری بصارت باہر، سڑک کے اُس سرے سے اِس سرے تک بھٹک رہی ہے۔ میں نے دیکھا ہے۔ وہ سامنے دور ــــــ بہت دور سے چلا آ رہا ہے، چھڑی بغل میں دبائے۔ تیز قدموں کے ساتھ۔ ــــ میں ڈر کر اندر آ گیا ہوں اپنے کمرے میں ــــ کسی نے کھٹ سے دروازہ بند کر لیا ہے۔ کمرے میں سارے فرش پر کانچ کے ٹکڑے بکھرے پڑے ہیں۔ سارے فرش پر میرے لہو بھرے پیروں کے نشان ہیں، تازہ لہو کے نشان ــــــ

کھٹ!

کھٹ!!

کھٹ!!!

کسی نے تین بار دروازہ کھٹکھٹایا ہے۔ ڈر سے میرا کلیجہ گھُٹنے لگا ہے۔ پسینہ پسینہ میں اچک کر قریب کی چارپائی پر جا بیٹھا ہوں اور جلدی سے لحاف اٹھا کر بیوی کے پستانوں سے چمٹ گیا ہوں۔

دھیرے دھیرے ماتم کرنے والوں کی آواز تیز ہو رہی ہے

بہت سے مل کر چھاتیاں پیٹ رہے ہیں۔

بہت سے مل کر چلّا رہے ہیں، خوفناک آوازوں میں۔

شاید کوئی مر گیا ہے۔

آدمی نامہ

میگھ دت کو ٹرین پر سوار کرانے کے بعد، میں اب اسٹیشن کے احاطے سے باہر نکل آیا ہوں۔ میگھ دت میرا پرانا دوست ہے۔ دو روز پہلے وہ میرے شہر میں مجھ سے ملنے آیا تھا۔ برسوں بعد ہم دونوں ملے تھے۔ ڈھیروں باتیں تھیں ڈھیروں سوال تھے اب جب کہ وہ پھر مجھ سے ایک نامعلوم عرصے کے لئے بچھڑ گیا ہے۔ لگتا ہے کتنی ہی باتیں تھیں جو میں اس سے نہ کہہ سکا۔ مجھے یقین ہے کہ وہ بھی ٹرین میں بیٹھا میرے ہی بارے میں سوچ رہا ہوگا۔ نہ جانے کتنی باتیں ہوں گی جو وہ مجھ سے کہہ نہ سکا۔

میں اب اسٹیشن کے احاطے سے باہر نکل آیا ہوں۔ رات کا ایک بجا ہے آسمان پہ گہرے بادل چھائے ہوئے ہیں۔ موسلا دھار بارش ہو رہی ہے۔ جولائی کی بارشوں میں بھیگنا بھی ایک ننھی منّی عیاشی سے کم نہیں۔ یہی سوچ کر دھرتی پر چھلچھلاتے پانیوں میں گھر کی طرف نکل پڑا ہوں۔ اسٹیشن سے میرا

مکان دو فرلانگ سے زیادہ دوری پر نہیں۔ ایک فرلانگ کا اجاڑ علاقہ طے کرنے کے بعد ایک فرلانگ لمبا بازار ہے۔ جس کے آخری سرے پر ایک تنگ سی گلی میں مجھے مڑجانا ہے۔ دائیں طرف ایک چھوٹی سی حویلی ہے، جس کے باہر والا کمرہ میرا گھر ہے۔ جس کا نہ کوئی دالان ہے نہ آنگن بس ایک چھوٹا اداس سا کمرہ ہے جس میں ایک چارپائی ہے۔ ایک میز ایک کرسی۔ ادھر ادھر بکھری ہوئی کتابیں، رسالے، اخبار اور دیوار پر فریم میں لگی ہوئی ایک پینٹنگ اور اب یہی چیزیں میری شناخت کی پہچان بن گئی ہیں۔ میگھ دت نے سچ کہا تھا:۔

یار کتنا ہولناک ہے یہ منظر۔۔۔۔ لگتا ہے تمہارے کمرے میں نہیں بلکہ خود تمہارے اندر بیٹھا ہوں۔۔۔۔

اسٹیشن کے باہر کا اجاڑ علاقہ طے کرنے کے بعد اب میں اپنے بازار سے گزر رہا ہوں۔ پانی اسی رفتار سے گر رہا ہے۔ ہر طرف گہری خاموشی ہے۔ اور اندھیرا۔ بجلی چمکتی ہے تو بازار کے آخری سرے تک۔۔ لمحہ بھر کے لئے روشنی سی بہنے لگتی ہے۔ دونوں طرف کی دوکانیں بند پڑی ہیں۔ چوکیدار سر پر بوری لپیٹے دوکانوں کے تالے چیک کر رہا ہے۔ دھرتی پر پھیلے پانی کو پاؤں سے اچھالتا ہوا میں آگے بڑھ رہا ہوں۔ بس چند دوکانوں کے بعد مجھے دائیں طرف ایک گلی میں مڑجانا ہے۔ سر سے پاؤں تک بھیگ رہا ہوں۔ کپڑے جسم سے چپک گئے ہیں۔ سر کے بالوں سے پانی کی بوندیں رینگ رینگ کر آنکھوں میں گر رہی ہیں، اور ایک عجیب سی ٹھنڈک میری روح میں اتر رہی ہے۔

گھنٹہ بھر پہلے میگھ دت میرے کمرے میں بیٹھا تھا۔ آنے والی ایک

نامعلوم عرصے کی جدائی کے دکھوں نے ہم دونوں کو اداس کر دیا تھا۔ وہ بھی میری طرح بہت جذباتی ہے، کہہ رہا تھا: جاتے ہوئے تمہارا کمرہ ساتھ لیئے جا رہا ہوں ..... جو مجھے کہیں بھی چین نہیں لینے دے گا.......
ہیگھ درت کی بھرائی ہوئی آواز میرے ذہن کے گنبد میں بار بار گونج رہی ہے

میں اس شہر میں تین چار برس پہلے آیا تھا۔ یہاں کی پرانی عمارتیں دیکھنے۔ لیکن اس شہر کے سکون نے مجھے یہاں سے نکلنے نہیں دیا۔ اب تو کچھ ایسی بیڑیاں پڑ گئی ہیں پاؤں میں کہ کہیں اور بھاگ نہیں سکتا۔ شاید چاہنے پر بھی نہیں

پانی اسی تیزی سے دھرتی کو پیٹ رہا ہے۔ ہر طرف گہری خاموشی ہے اور اندھیرا۔ اچانک گلی میں مڑنے لگا ہوں تو چونک کر ایک دم رُک گیا ہوں۔ اپنے کمرے کے دروازے پر سائبان کے نیچے ایک سایہ نظر آیا ہے۔ خوف کی ایک لہر میرے سارے بدن کو چیرتی ہوئی نکل گئی ہے میں جرات کر کے آگے بڑھتا ہوں۔ گہرے اندھیروں میں بجلی پل بھر کے لیئے چمکی ہے، کوئی دروازے پر کھڑا ہے۔

"کون ہیں آپ؟"

اب میں بالکل اس کے سامنے کھڑا ہوں۔ اگرچہ اندھیرے میں اس کی شکل نہیں دیکھ پا رہا ہوں۔

"کون ہیں آپ ؟ — کیا چاہتے ہیں ؟"

پھر ایک آواز آتی ہے۔

"بھائی مسافر ہوں - بارش ہو رہی تھی - ذرا آپ کے چھجے کے نیچے رُک گیا ۔ ۔ ۔ ۔ ۔ ۔"

میں خود کو سنبھالنے کی کوشش کرتا ہوں اور آگے بڑھ کر کمرے کا تالا کھولتا ہوں "آیئے — اندر آجایئے — بارش تھمے تو چلے جایئے گا۔ ۔ ۔ ۔

وہ کچھ کہے بغیر میرے پیچھے ہو لیا ہے۔

چلتے وقت کمرے کی بتی جلتی چھوڑ گیا تھا۔ گھرے اندھیرے سے نکل کر بلب کی تیز روشنی نے آنکھیں چندھیا دی ہیں۔ اب ہم دونوں کمرے کے سلگتے بلب کے نیچے کھڑے ہیں۔ ہمارے کپڑوں سے پانی پھسل کر فرش پر بکھر رہا ہے۔ روشنی میں میں نے ایک نظر اسے دیکھا — ۲۵-۲۶ برس کا ایک دبلا پتلا سا نوجوان ہے۔ کھلے رنگ کا، تیکھے ناک نقشے والا۔ ۔ میں جلدی جلدی کپڑے بدلنے لگتا ہوں "اگر چاہیں تو آپ بھی کپڑے بدل لیں"۔ اس سے کہتا ہوں۔

اس نے شاید میری بات نہیں سنی۔ غور سے کمرے کی ایک ایک چیز کو دیکھ رہا ہے۔

کہاں رہتے ہیں آپ ؟ میں پھر پوچھتا ہوں۔

"ہوں ۔ ۔ ۔ ۔ وہ چونکتا ہے ۔ ۔ ۔ ۔ کہیں نہیں بس ازلی مسافر سمجھ

لیجیے۔ شہر شہر گھومتا پھرتا ہوں۔ ابھی آدھ گھنٹہ پہلے اسٹیشن پر گاڑی رکی تو قلی سے پوچھا "کونسا اسٹیشن ہے؟ اس نے کہا: لال دیوار ..... نام مجھے اچھا لگا .... بس فوراً گاڑی سے اتر پڑا۔ اب جو اسٹیشن سے نکلا تو ایسا محسوس ہوا جیسے یہ شہر میرا دیکھا ہوا ہے حالانکہ سچ پوچھیے تو میں یہاں پہلی بار آیا ہوں .... لیکن حیرت ہے یہاں کی ہر چیز مجھے جانی پہچانی لگی .... بازار.... گلیاں اور یہاں تک کہ آپ کا کمرہ بھی ....

میں نے اس کی طرف غور سے دیکھا ہے۔ اس کی باتیں کتنی عجیب ہیں۔ شاید پاگل ہے .... سوچا پوچھوں —— کہیں آپ پاگل خانے سے تو نہیں آرہے .... لیکن چپ ہو گیا ہوں ... وہ کہہ رہا ہے۔ آپ کی گلی میں مڑا تو لگا ادھر پہلے بھی آچکا ہوں .. ممکن ہے یہ میرا وہم ہو لیکن ——

اس کی نظر اچانک دیوار پر اٹھ گئی ہے۔

"یہ پینٹنگ آپ نے کہاں سے لی ؟"

"یہ میرے یہاں آنے سے پہلے ہی ٹنگی تھی۔"

"آپ یہاں کب سے رہتے ہیں ؟"

مجھے غصہ آرہا ہے۔ عجیب احمق آدمی ہے۔ اس قسم کے سوالات کرنے کا اسے کیا حق ہے۔

"آپ چائے پئیں گے ؟" میں بات کا رخ بدلتا ہوں۔

"ہاں —— پی لوں گا ....."

"لیجیے، پہلے تولیے سے اپنا بھیگا ہوا سر پونچھ ڈالیے ——

اور ہاں آپ اب بھی چاہیں تو کپڑے بدل سکتے ہیں ۔ ۔ ۔ ۔

شکریہ کہہ کر وہ تولیے سے اپنا سر پونچھنے لگا ہے۔ اس دوران میں نے کیتلی میں پانی ڈال اسٹوو پر رکھ دیا ہے۔ وہ اب بھی کرسی پر بیٹھا دیوار پر لگی پینٹنگ کو غور سے دیکھ رہا ہے۔

"بھائی صاحب! آپ نے بتایا نہیں، کب سے رہتے ہیں آپ یہاں؟"

کتنی سادگی ہے اس کی آواز میں

"یہی کوئی تین چار برس سے"

آپ یقین نہیں کریں گے لیکن یہ سچ ہے کہ بالکل ایسی ہی پینٹنگ میرے ایک دوست نے بنائی تھی ۔ ۔ ۔ ۔ ۔

اس کی بات سن کر میں ایک دم چونک گیا ہوں۔

"کیا مطلب؟"

مجھے لگتا ہے ۔ ۔ ۔ ۔ وہ لفظ لفظ پر زور دے رہا ہے ۔ ۔ ۔ ۔ ۔ یہ وہی پینٹنگ ہے جو میرے ایک مصور دوست سریش نند نے میری ۲۲ ویں سالگرہ پر مجھے تحفے میں دی تھی۔

اس کی بات سن کر ایک عجیب سا خوف میرے بدن میں سرایت کرنے لگا ہے۔ اگر آپ کو یقین نہ آئے تو دیکھ لیجئے اس پر ایک کونے میں اس کا نام بھی لکھا ہوگا ۔ ۔ ۔

میں فوراً آگے بڑھتا ہوں۔ پینٹنگ کے قریب جاکر دیکھتا ہوں

ایک کونے میں واقعی انگریزی حروف میں ایس نند لکھا ہے . . . .

کیتلی میں پانی ابل رہا ہے۔ دودھ اور شکر ملا کر میں چائے بنانے لگتا ہوں، سوچ رہا ہوں آخر یہ کیا قصہ ہے؟ کون ہو سکتا ہے یہ آدمی؟ یقیناً مجھ سے پہلے یہ یہاں رہتا ہوگا اور اب غالباً مجھے خوف زدہ کرنے آیا ہے . . . . لیکن کیوں ——؟ کس لیے؟

میرا خیال ہے مجھ سے پہلے آپ یہاں رہتے ہوں گے؟ ہے۔

چائے کی پیالی میرے ہاتھ سے لیتے ہوئے وہ جواب دیتا

یہ کیسے ہو سکتا ہے بھائی صاحب! میں لال دیوار پہلی بار آیا ہوں اور اپنے پورے ہوش و حواس کے ساتھ کہہ سکتا ہوں کہ میں یہاں اس سے پہلے کبھی نہیں آیا —— شاید میرا وہم مجھے ورغلا رہا ہے —— اس شہر سے ذہنی رفاقت، ممکن ہے محض ایک اتفاق ہو —— ممکن ہے ——

اُسے اچانک کچھ یاد آتا ہے۔

"اس پینٹنگ کے پیچھے ایک ڈائری رکھی ہے ——" کہتے ہوئے وہ اُچھلتا ہے اور پینٹنگ ہٹا کر پیچھے دیکھتا ہے، لیکن وہاں کچھ نہیں ہے۔

وہ کچھ اداس سا ہو کر کرسی پر بیٹھ گیا ہے اور اب دھیرے دھیرے چائے کے گھونٹ بھر رہا ہے۔

لیکن میری حیرت اور بڑھ گئی ہے۔ خوف کی لہریں میرے سارے بدن میں سانپوں کی طرح رینگ رہی ہیں۔

شاید بارش تھم گئی ہے۔

اس کی بات سن کر میں اپنا ہاتھ کھڑکی سے باہر نکال کر محسوس کرتا ہوں۔ پانی گرنا بند ہو گیا ہے۔

اچھا میں چلتا ہوں۔

یہ کہہ کر وہ تیزی سے کمرے سے باہر نکل گیا ہے۔

میں حیران سا کرسی پر بیٹھا ہوں۔ میں نے اس سے بہت بڑا جھوٹ بولا ہے۔ پینٹنگ کے پیچھے واقعی ایک ڈائری پڑی تھی۔ ابھی چند روز پہلے جب میں پینٹنگ کا فریم صاف کر رہا تھا تو وہ ایک دم نیچے فرش پر آ گری تھی ـــــ ایک پرانی بوسیدہ اوراق والی ڈائری...

میں نے اُسے اِدھر اُدھر سے کھولا تھا.... پڑھا کچھ نہیں.... بس کاغذوں میں پھینک دیا ـــــ وہ یقیناً اب بھی کاغذوں کے انبار میں پڑی ہوگی ـــــ میں جلدی جلدی اسے تلاش کرنے لگتا ہوں۔ تمام رسالے ـــــ تمام اخبار الٹ پلٹ رہا ہوں ـــــ یہیں کہیں ہوگی ـــــ یقیناً ہوگی ـــــ کہاں جا سکتی ہے؟ میں بے صبری سے اسے تلاش کر رہا ہوں۔ ـــــ الماری میں ـــــ چارپائی کے نیچے ـــــ بستر میں ـــــ اور اچانک وہ مجھے مل گئی ـــــ میں نے جھک کر اسے اٹھا لیا ہے۔ اس کے ورق جلدی جلدی الٹ رہا ہوں ـــــ دل جیسے کانپ رہا ہے۔ نہ جانے یہ کیسا خوف ہے جو میرے انگ انگ میں سما گیا ہے۔ پہلے صفحے پر چھوٹے مگر صاف حروف میں یہ چند سطریں درج ہیں

"مجھے یقین ہے : میں نے مسیح سے کہیں زیادہ مصائب جھیلے ہیں ۔ میں اپنے اندر ایک ایسا درد محسوس کرتا ہوں جو مجھے خوف زدہ کر دیتا ہے ۔ میری روح بیمار ہے ۔ میرا ذہن نہیں ——— ہر وہ شخص جو یہ اوراق پڑھے گا دکھی ہوگا۔

میرا جسم نہیں بلکہ میری روح بیمار ہے ———"

ورق الٹتا ہوں ۔ دوسرے صفحے پر نظر گئی ہے تو میرا سر گھومنے لگا ہے ۔ دوسرے صفحے پر انتساب ہے جو میرے نام ہے موٹے حروف میں صاف صاف میرا ہی نام لکھا ہے ..

میں دوڑ کر اس آدمی کو آواز دینے کی کوشش کرتا ہوں ۔ لیکن اب تک وہ نجانے کہاں نکل گیا ہوگا۔

کون تھا وہ ؟

مجھے کیسے جانتا ہے ؟

میرا اس سے کیا رشتہ ہے ؟

کیا رشتہ ہے اس کا مجھ سے ؟

کمرے میں چاروں طرف خاموشی ہے ۔ کتنا ہولناک سماں ہے ۔ لگتا ہے میں اپنے کمرے میں نہیں بلکہ خود اپنے اندر بیٹھا ہوا ہوں اور لمحہ لمحہ اپنے ہی وجود کی دیواروں تلے دبتا چلا جا رہا ہوں۔ ■■

پہلے آسمان کا زوال

اور پہلے آسمان پر مجھے قتل کر دیا گیا۔

اس روز سورج نہیں نکلا ــــ چاند بھی نہیں ــــ تارے بھی نہیں۔ صرف دُور دُور تک بادل کھڑے تھے، لمبے گدلے اور گہرے۔ قطار در قطار۔

اور پھر چپ چاپ پانی برسنے لگا
بادل نہیں گرجے
بجلی نہیں چمکی
چاروں طرف اندھیرا تھا ــــ جنگلوں کا اندھیرا ــــ گہرا اور نم اور پانی برس رہا تھا۔
لگاتار ــــ چپ چاپ

شپ شاں

شپ شاں ....

میرے لہو سے دھرتی گلنار ہو گئی تھی ——— درختوں کے پتے بھی سرخ ہو گئے تھے ——— اور شہر کے مکان ——— کھیت ——— اور دریا ——— سب پر میرے لہو کا رنگ چھا گیا تھا۔

اور پہلے آسمان پر خاموشی تھی

ہزاروں لوگ تھے جنھیں میری موت کا غم تھا اور جو آنکھوں ہی آنکھوں میں ایک دوسرے سے پوچھ رہے تھے کہ اب کیا کرنا ہوگا مگر ——— ؟ کوئی نہیں بتاتا تھا کہ اب کیا کرنا ہوگا ———

ہزاروں لوگ تھے جو اپنی صلیبیں اٹھائے اور سر پر کانٹوں کا تاج رکھے اپنے اپنے گھروں سے نکل آئے تھے اور پہلے آسمان کے بیچ دائرہ بنا کر کھڑے تھے، جہاں مجھے قتل کیا گیا تھا

ان کے چہرے زرد تھے اور آنکھیں پھیل کر کانچ ہو گئی تھیں اور وہ ایک دوسرے سے پوچھ رہے تھے: اب کیا کرنا ہوگا ——— مگر سب خاموش تھے۔

کوئی نہیں جانتا تھا: کہ اب کیا کرنا ہوگا ——— ؟؟

آوازوں کے جنگل پر پانی برس رہا تھا۔

میرا لہو —— جو پانی ہو گیا تھا۔
اور برس رہا تھا
شپ شاں!
شپ شاں...
اور آوازوں کا جنگل سوکھ رہا تھا۔

پھر دفعتاً آگ لگ گئی۔ پہلے آسمان کے نیچے —— آوازوں کے جنگل میں آگ لگ گئی۔۔

ہزاروں لوگ تھے جو اپنے اپنے گھروں سے نکل کر باہر آ گئے تھے اور میری لاش کے گرد جمع ہو گئے تھے اور ایک دوسرے سے پوچھ رہے تھے۔ اب کیا کرنا ہوگا۔ ؟

ہوا سنسنائی ——
اور پھر پاگل ہو کر بھاگی
اس کے بال کھل گئے تھے۔ اور وہ میری لاش کے گرد دوڑ رہی تھی۔ اس کے بال کھل گئے تھے —— اس کی چولی ڈھیلی ہو گئی تھی —— اس کا پیٹی کوٹ اتر گیا تھا۔

اور وہ اپنے بھاری کولہوں کے ساتھ پاگل ہو کر دوڑ رہی تھی۔

میں نہیں جانتا کہ میرا گناہ کیا تھا۔ —— میں نہیں جانتا کہ میرا قاتل کون ہے اداس تھے اور وہ پوچھ رہے تھے بتاؤ تمہیں کس نے قتل کیا ؟؟—— ۔

مگر میں خاموش تھا اور پہلے آسمان پر ایک دائرے میں پڑا تھا۔

درختوں کے پتّے سرخ ہو گئے تھے۔

شہر کے مکان ــــ کھیت ــــ اور دریا ــــ سب پر

میرے لہو کا رنگ چھا گیا تھا ــــ

اور وہ اپنے بھاری کولہوں کے ساتھ پاگل ہو کر دوڑ رہی تھی

...... وہ فروری کا ایک سرد اور بوجھل دن تھا

مدھم نیلی روشنیوں والے ایک کونے میں وہ بیٹھی تھی اور مجھے مسلسل دیکھے جا رہی تھی ــــ اس کے بال کھلے ہوئے تھے۔ اور سینہ چولی سے باہر جھانک رہا تھا۔ اس نے میرا دایاں ہاتھ اپنے ہاتھوں میں لے لیا اور میری ہتھیلی پر انگلی سے کراس کا نشان بنا دیا۔

میں نے دیکھا: اس کی آنکھوں سے ٹپ ٹپ آنسو گر رہے تھے۔

پھر وہ اٹھ کر چلی گئی ــــ

فلور پر رقص کرتی ہوئی اطالوی لڑکی نے اپنی دائیں ٹانگ کو اوپر اٹھا کر ہوا میں ایک دائرہ بنایا ــــ اور سارا ہال تالیوں سے گونج اٹھا۔

باہر وہی شور و غل ــــ وہی آوازیں ــــ درد میں ڈوبی ہوئی ــــ اور موبل آئیل میں تحلیل ہوتا ہوا: میں .....

پھر میں نے بازار سے ایک صلیب خریدی اور اسے اپنے کاندھے پر ڈال دیا ــــ

آسماں کالا سیاہ ہو گیا تھا

ہوا رو رہی تھی : روں ــــ روں ــــ روں . . .

آج چاند نہیں نکلے گا : کوئی زیر لب کہہ رہا تھا اور اس کی آنکھوں
سے آنسو ٹپک رہے تھے ۔

ٹپ . . . . .

ٹپ

ٹپ . . . . .

وہ میری نگاہوں کے احاطے سے دور جا چکی تھی ــــ اور میں
موبل آئیل کے دھوئیں میں تحلیل ہو رہا تھا ــــ چپ چاپ ــــ اکیلا ــــ
اور لوگ دیکھ رہے تھے اور ہنس رہے تھے ۔

اور پھر پہلے آسمان پر مجھے قتل کر دیا گیا

چاروں طرف اندھیرا تھا ــــ جنگلوں کا اندھیرا ــــ گہرا اور
نم اور پانی برس رہا تھا ــــ لگاتار ــــ چپ چاپ

اور اوپر ساتویں آسمان پر

میرا ایک دوست

اپنے بستر پر مردہ پڑا تھا ۔

(اور وہ ــ اپنے سیاہ بال کھولے بھاری کولہوں کے ساتھ اس کی لاش کے گرد دوڑ رہی تھی)

قدیر زماں

کے افسانوں کا مجموعہ

ادھورا سفر

(بین الاقوامی ایڈیشن)

منظر عام پر آچکا ہے